うつくしい羽

上村渉

Kamimura Wataru

うつくしい羽＊目次

装幀　成原亜美（成原デザイン事務所）

うつくしい羽

自衛官を父に持つ子の常として、少年時代は引っ越しの連続だった。新しい官舎やアパートにも慣れ、ようやく遊び相手にも不自由しなくなったころ、決まって父から次の赴任先を告げられる。職務上、それが避けられないものであり、選択の余地がないことを心得ていた母は、そうですか、と残念そうに返事をするだけだったが、そうした事情を理解するには幼かった僕は、その都度、落胆しないわけにはいかなかった。これでまた振り出しに戻ってしまう。せっかくの努力も水の泡だ。仲良くなった友だちとの別れはもちろん辛かったが、何より苦痛だったのは、誰も知り合いのいない教室にふたたび新入りとして飛び込まなければならないことだった。

事実、転入先の学校では肩身の狭い思いをすることが多かった。それ以前に住んでいた地方の方言を口にすれば、反感は買わないまでも、嘲りやからかいの対象となった。その一方で、うっすら染みついた訛りが、周囲との距離を縮めたこともなかったわけではない。イントネーションや言い方の違いに興味を抱いたクラスメイトが、休み時間に僕の席を囲んで、質問攻めにしてきたのだ。

転校によって生じる苦労について、母は辛抱づよく相談に乗ってくれたが、父はさほど気に留めていないようだった。あるとき、事態の深刻さが伝わっていないことに気づいて、僕は癇癪を起こした。もうどこにも行きたくない。仕事があるなら、父さんひとりで行ったらいい……。息子の抗議を目の当たりにして、父はひとつの提案をした。文句があるなら、この際、すべて吐き出したほうがいい。ただし、家のなかではやめにしよう。

　そんなわけで、僕と母は車に乗せられ、夜のドライブに連れていかれた。当時、僕たち家族は神戸市内に一軒家を借りており、スピード狂の父にとって六甲山は格好の散策ルートだった。カーステレオからは父のお気に入りのジャヴァンの曲が流れ、座席のかたわらには温かいカルピスを入れた水筒が用意された。

　もっとも、その夜、僕たちが乗ったパジェロが山頂にたどり着くことはなかった。助手席に陣取った僕は、出発直後こそめずらしい夜間の外出に興奮していたものの、曲がりくねった道を進むにつれて気分が悪くなり、座席に坐っていることさえままならなくなってしまったからだ。

　ガードレールにもたれて嘔吐しているあいだ、母は何も言わずに僕の背中をさすってくれた。この時点で、父に異議を唱えるだけの意欲は失せていた。休憩と気分転換を兼ねて、僕たちは夜の山道を歩いた。秋の終わりで、濡れたアスファルトにはクヌギやコナラの実が落ちていた。緩やかなカーブを曲がり終えたとき、先頭を歩いていた父が足をとめ、ひとさし指を口に当てた。促されるように母と僕も林の奥に目をやった。

　薄暗い斜面の先には、一頭のニホンイノシシがいた。中型犬ほどの大きさで――単独で行動していたことを考えると――たぶん若い雄だったのだろう。車道から数メートルほど離れた場所で、鼻先を地面に押しつけ、昆虫や草木の根をあさっていた。

　大人になった現在であれば、むやみに野生動物に近づくような馬鹿な真似はしない。けれども、小学生だった僕は無謀にも舗道を外れ、暗がりの奥にいる相手に近づいていった。その焦げ茶色の毛並みに惹かれた。丸みを帯びた身体がいかにも柔らかそうだった。この思いがけない出会いに、父と母も少なからず興奮していたに違いない。そうでなければ、軽率な振る舞いをした息子に注意を与えなかったはずはないのだから。

　人間の気配を察知して、イノシシはその体型からは想像できないような敏捷性を発揮した。崖に向かって走りはじめたかと思うと、すぐさま引き返して、こちらに突進してきたのだ。

　一瞬の出来事だった。悲鳴をあげる暇さえなかった。イノシシの額が膝に触れた次の瞬間、僕は宙に投げ出され、傾斜のついた地面を転がり落ちていた。

　坂の下には地面が抉れた箇所があり、その窪みに突っ込んだおかげでそれ以上の滑落は免れたものの、最初は自分がどんな体勢でいるかも分からなかった。声を出そうとすると、口に泥が入った。自分の顔を押しつぶしていた足をおろして、僕は唾を吐いた。辺りには湿った土の匂いが立ち込め、物音ひとつしなかった。がたがたと震える膝を抱えて、僕はクマザサの向こうに目をやった。イノシシの姿は見当たらず、さらなる攻撃の恐れはなさそうだった。

　直後に父が坂を駆けおりてきて、僕は泣きじゃくった。助けを得たことで、とたんに気が抜けてしまったのだ。怪我の有無を訊かれて、僕はシャツの袖をまくりあげた。ズボンの内側が裂け、手首と肘、それに右膝にかすり傷があったが、それ以外に痛む箇所はなかった。

父に手をひかれて斜面を登るあいだ、僕は眼下に広がる夜景に何度となく目を奪われた。木々の隙間からは神戸の街が見おろせた。市街地から湾にかけて光の粒が滑らかな線を描き、溢れんばかりの輝きを放っている。ほんとうに良かった、一歩間違えばどうなっていたか分からない。父に声をかけられて、僕は濡れた頬を手で拭った。

車道に戻ると、目に涙を溜めた母が駆け寄ってきた。あれほど不安そうな顔をした母はあとにも先にも見たことがない。母は僕を抱きしめ、気ぜわしげに十字を切った。敬虔なカトリック教徒だった母にしてみれば——不信心な父と同じく、僕もまた信仰に身を投じたことはなかったが——こんなとき、神に祈りを捧げるのは当然のことだったのだろう。

人気のない道路を引き返す途中で、父は僕をなぐさめるように言った。家族三人で長い旅行をしていると思ったらいいじゃないか。どこかに行きたくても、そうはいかない人もいる。知らない場所に行って、いろいろな人と知り合って、たくさんの経験をする。もしかしたら、これほど恵まれた暮らしはないかもしれないぞ。たとえば、今日だって……。

その流れから、父は江戸時代にイノシシの食害による飢饉が起きたこと、それにぼたん鍋について説明してくれた。

「ぼたん？」

「昔はイノシシの肉をそう呼んだんだ」

肉食が禁忌とされていた時代、「薬食い」や「ももんじ屋」といった隠語が用いられていたという歴史的背景は気になったが、当時の僕が何より惹かれたのは、自分を跳ね飛ばした相手が鍋の具材になることだった。

「なんでイノシシなんか食べるの？」

「ウシとか、ブタとか、ニワトリとかと同じだよ」

「食べなくちゃいけないの？」

「そんなことはない」

「鶏肉と牛肉と豚肉だけでいいのに」

「ブタはもともとイノシシを家畜にしたものなんだ」父は微笑み、僕のあたまに手を置いた。父は気分屋な面もあったが、子どもが抱く素朴な疑問に正面から付き合ってくれる、数少ない大人のひとりだった。「人間は昔からいろんな生き物を利用してきた。世話になってきたと言うべきかな。とにかく、ありとあらゆるものを食料にしてきたんだ」

「どうして？」

「そうしないと生きていけなかったからだよ」父はまるで自分が飢餓に苦しんだ最後の世代であるかのように大袈裟に腹をさすってみせた。「食べられるものなら何でも食べた。虫だって、黴だって、土だって」

　物心ついた時期から各地を転々としてきたとはいえ、結局のところ、僕は現代の暮らしにどっぷり浸かった、世間知らずな子どもだった。日々の食材は近所の商店やスーパーマーケットで買うものと決まっていたし、地域差こそあれ、そこで売られている商品は似たり寄ったりだった。実際、お菓子を買ってもらうために駄々をこねたことはあっても、空腹に耐えきれず、涙を流すような経験はしたことがなかった。

「生で食べるか、火を通すか。調理方法だって簡単に決まったわけじゃない。料理は人類が長い時間をかけて編み出した、大事な発明なんだ」

「みんなで考えたってこと？」

「そうだ」父は僕の肩に腕をまわして、力を込めた。「だからこそ、母さんが作ってくれたものは好き嫌いしないで食べないといけない。いのちを粗末にしないためにも、たくさんの人が重ねてきた苦労を無駄にしないためにも」

それから数年後の冬、父は首都高速道路を走行中に事故に巻き込まれ、母とともに都内の大学病院に救急搬送された。阪神淡路大震災の発生からちょうど一週間後のことで、混み合った待合室のテレビでは被害の状況を繰り返し伝えていた。

術後、容態が安定しなかった父を支えたのは、もう一度、家族三人で関西に行って、ぼたん鍋を食べたいという思いだった。そうすることで微力ながら被災地を支援したいという気持ちもあったのかもしれない。だが、それは叶わぬ願いだった。病院に到着した時点で、母は息を引き取っていた。精神的なダメージを考慮して、父にはその事実が伏せられていた。

朦朧とした意識の下、父は篠山の旅館で食べたぼたん鍋の味を——子どものころ、祖母が作ってくれた卵焼きや、富山出身の友人の実家で食べたという白エビとともに——思い出した。

病室では、そんな父の懐かしい記憶をたどるとともに、〝食べる〟とは何かという素朴な疑問を突きつけられた。入院中、父の腕には常時、点滴の針が刺されていた。わずかに体力が回復してきたところで、今度は半透明のチューブが鼻に挿され、胃に直接、栄養剤を注入するようになった。当然ながら、父はそれを嫌がった。処置が苦痛であることは、そばにいるこちらにも見てとれた。そのころ、僕は都内の高校で生物学の基礎を学んでいたが、病床で苦しむ人にとっては、タンパク質の分解やアミノ酸の合成といった生命のメカニズムよりも、祈りや信仰のほうがよっぽど有効である気がした。

　突然の事故で茫然自失となっていた僕にとって、唯一の救いは、一時的に復調した父が持ち前の明るさを取り戻したことだった。父は、他人の特徴をとらえて、物真似をするのが得意だった。若い研修医になりきって、看護師たちを笑わせた。不謹慎にも隣のベッドで亡くなった老人の末期の会話を再現して、見舞いに訪れた祖母の怒りを買った。

　徐々に体力が衰えていった父は、春の午後、静かに息を引き取った。最期の瞬間まで自分を見失わなかったその姿を目に焼きつけられたことは、家族として望外の幸せだったのかもしれない。けれども、入院してからというもの、食べ物を味わい、呑み込むことができなくなってしまった父の寂しそうな表情は、悔恨にも似た思いとともに、いつまでも僕の胸に残りつづけた。

*

　そのレストランは御殿場市の外れ、戦前までは〝アメリカ村〟と呼ばれた、かつての別荘地にあった。敷地の周辺には民家が点在しているが、管理を放棄された区画も多く、鬱蒼とした林が広がっている。日中でも歩行者を見かけることは少なく――交通の便が悪いことも手伝って――飲食店として恵まれた立地とは言いがたい。それにもかかわらず、富士山のふもとにあるこの店には、県内外から大勢の人が訪れた。週末ともなれば、二カ月まえから予約が入り、約二十席の店内は食事をする人たちで埋め尽くされた。

メニューは昼夜ともおまかせコース一本で、四季折々の野菜やハーブ、魚介など、地元の食材を使った料理を売りにしている。それらを盛りつける食器は、磁器やガラス、木製のものなど多岐にわたっていて、県内の若手作家による作品も含まれている。

もちろん、店の雰囲気も非の打ちどころがない。古めかしい門を抜け、芝生の庭を進んだ先にある建物は、アルヴァ・アアルトの「マイレア邸」を思わせる外観をしていて、白いスタッコの壁に赤茶色の木枠が映える、鉄筋コンクリートの二階建てだった。エントランスポーチには角の取れた大きな庇があり、上階の窓は斜めに突き出して、木製のドアには〈jolle〉という店名が刻まれている。

受付を通り、三段ある階段をあがって客席に入れば、大きなガラス戸を通して中庭が見渡せる。内装はいたってシンプルで、絵画や花瓶といった装飾品の類いはなく、白を基調とした店内にゆったりとした間隔で木製のテーブルが並んでいる。テラスの先には小さな池があり、さらにその向こうには箱根の山々が連なっている。

営業中はほとんど聞きとれないほどの音量でバッハの室内楽曲やクラヴィーア曲がかけられ、木々のざわめきや風の音、鳥や虫の鳴き声が食事をする人たちの声に重なった。

三十五歳の誕生日を目前に控えた九月下旬から、僕はこのレストランで働くことになったのだが、そのいきさつを語るためには、まず父方の祖母について触れる必要があるだろう。

以前と比べれば屋外で過ごす時間は短くなったとはいえ、八十歳を過ぎたいまでも祖母は現役の養鶏家だ。給餌から小屋の清掃、糞の運搬まで、どんな作業も他人の助けを必要としない。現在は経営の一線から退き、純血種のシャモとロードアイランドレッドを交配させた「みくりや軍鶏」の小規模飼育に専念しているが、戦後、復員した祖父が始めた養鶏会社を県内でも有数の畜産企業に育てあげた祖母にしてみれば、離婚し、職を失って、父の生家のある御殿場を訪れていた僕は、兎にも角にも世話を焼かずにはいられない存在だったのだろう。東京に戻ったら再就職先を探すと言ってあったにもかかわらず、祖母は出入りの業者を見かけるたびに〝かわいそうな孫〟を引き合わせ、どこかで雇ってくれないものかと声をかけた。

「何年かまえに岩田さんにも言ったじゃんねえ。わたしが末の息子の子どもの面倒を見てるって……」

あの日、鶏舎を訪ねてきた取引相手を捕まえたときもそうだった。祖母は家族のまえでは決してみせない、甘えるような表情をして、相手ににじり寄った。

「この子がそうなのよ。フトシなんて名前のくせして見た目は頼りないけど、ちゃんと大学だって行かせたし、外国も飛びまわってるし、東京の料理屋さんで働いたことだってあるから、いろんなお店にも詳しいの……。ねえ、岩田さんのところで働かせてもらえない？」

フランス料理店〈ジョル〉のオーナーであり、シェフでもある岩田巳喜男を紹介されたのは、台風一過のよく晴れた午後だった。祖母に呼びつけられるまで昼寝をしていた僕は、半ば寝ぼけているような状態だったのだが、平飼いされているシャモの様子を見にきた男と対面して、眠気は一瞬にして吹き飛んだ。

　六十過ぎとおぼしき相手は、身長が一メートル九十センチ近くあり、体重もどれだけあるか分からない。毛むくじゃらの腕はたくましく、白い髪を短く刈り込んで、柔道やレスリングを続けてきた人がそうであるように、左右の耳がいびつに変形していた。金網越しに小屋の奥を見つめる姿は、さながら家畜を狙うヒグマのようであり、その威圧感たるや相当なものだった。

「いまの話は忘れてください」散々、勝手なことをしゃべった祖母が鶏舎に入っていったあとで、僕は身内の出過ぎた行動を謝罪した。「全部が嘘だとは言いませんけど、かなり脚色されたものなので」

「脚色？」縁なしの眼鏡をかけた男は、見あげるほどの巨体をこちらに傾けた。

　その迫力に圧倒されながらも、僕は祖母の発言を訂正した。確かに大学の学費は出してもらったけれど、それは少しずつ返済しています、と。海外には、東南アジアを数カ国と新婚旅行でヨーロッパを訪れただけ。学生時代に江古田の居酒屋でアルバイトをしていたことがあるものの、半年ほどで店が潰れてしまって、それ以上の経験はありません……。

「レストランに詳しいわけでもない？」

「別れた妻の〝ネタ探し〟に付き合ったことがあるだけです」

「ネタ探し？」

「それが彼女の仕事だったので……」

口ごもった僕を見て、彼は鼻を膨らませた。「というと?」

そもそも初対面の人に披露するような類の話ではなかったし、赤の他人が興味を持つほどの内容だとも思えなかった。ところが、格闘家のような男は切れ長の目を細め、こちらの次の言葉を待っていた。

僕は短く息を吐いて、破綻した結婚生活を振り返った。都心に本社を構える、大手の食品メーカーに勤めていた妻は、新商品の企画開発を担当していた、と。ドレッシング、スープの素、パスタ用のソース――。ロングセラーがめったに出ない市場で、他社との競争は激しかった。仕事熱心な彼女は、新たなアイデアを求めて週末ごとに話題の店をめぐり、寝る間を惜しんで新企画の発案に打ち込んだ。

一方、中学生向けの進学塾で講師をしていた僕は、時間的にゆとりのある生活をしていた。職場は自宅から自転車で通える距離にあり、拘束時間も短かった。契約社員ということで、収入は目も当てられないほどだったが、家事を受け持つことで夫婦のバランスは保たれていた。

「それが崩れた?」

僕は首を振って、さりげなく視線を逸らした。鶏舎の向こうで、土手のイヌホオズキが風に揺れていた。雲ひとつない空の下、点々と咲いた白い花は、雑草で覆われた緑の斜面に絵の具を落としたように見えた。

収入差や役割分担が喧嘩の原因になることもあったけれど、それは話し合いで解決可能でした、と僕は続けた。僕たちの関係がぎくしゃくするようになったのは、妻が二度の流産を経験してからだった。深い悲しみに暮れるなかで、彼女は〝食のプロ〟らしく、その原因を日々の食事に見出そうとした。

　たとえば、僕がスーパーで買ったハムには発色剤が含まれていた。パンには臭素酸カリウムと乳化剤が、カップラーメンは添加物まみれで、友人にもらった土産物には青色一号とｐＨ調整剤が入っていた。

　パッケージの表示に注意し、自然食品を扱う特定の店で買い物をすれば――それでも妻は満足していなかったが――食品添加物や遺伝子組み換え食品を遠ざけることは可能だった。それが自宅に留まっているうちはまだ良かった。選別の対象を職場に向けた瞬間から、彼女は心の均衡を欠くようになり、上司や同僚との関係を悪化させた。

　そんなとき発生した東日本大震災と原発事故による災禍が、ただでさえ不安定だった妻の気持ちをいっそう掻き乱したことは言うまでもない。彼女にとって東京は一刻の猶予もなく離れなければならない土地であり、そこで悠然と暮らしている僕は理解不能な生き物だった。着地点の見えない話し合いとそれより多くの諍いを繰り返したのち、妻はオーガニック食品を専門に宅配する岐阜の食品会社に転職を決め、数枚の書類を残してマンションから出ていった。

　離婚し、独り身になった直後に犯した失態については釈明の余地もない。塾で講義をしていても身が入らず、保護者から苦情を受けた。心配してくれた同僚の女性を自宅に連れ込み、激しく拒絶された。飲み屋で泥酔した挙句、昔の交際相手にどことなく似ていた野良猫のあとをつけて、数メートル下の側溝に落ちた。巡回中の警察官に発見されて事なきを得たが、松葉杖をつき、あたまに包帯を巻いた姿では教壇にも立てず――雇用の形態上、長期休暇は取得できなかったため――退職を余儀なくされた。

　そこまで話したところで顔をあげると、大柄の料理人は泣いていた。号泣している、と言ったほうがいいかもしれない。眼鏡を外し、やけどや傷痕の残る手で目もとを覆って、彼はきれぎれに声を洩らした。「うちで……。うちで、働きなさい」

「冗談はやめてください」

「東京に戻っても辛いだけじゃないか。どうせ次のあてもないんだろう？」

「もうじき三十五になるんですよ。いまさら料理を覚えられるとは思えません」

「いま……表の……人手が足りないんだ」

「せっかくですけど、遠慮しておきます」僕はきっぱり返事をした。

「カーネル・サンダースは、四十歳で店を始めた――」

「そちらはフランス料理店ですよね」割り込むように僕は言った。「喩えとしてフライドチキンはどうなんでしょう？」

　男は憮然とした表情で洟をすすって、考えてみてくれ、と言い残し、駐車場に向かってよろよろと歩いていった。


〈ジョル〉を訪れたのは、それから三日後のことだった。ここでもお節介な祖母が一役買っていた。こちらの知らないところでシェフと連絡を取り合い、僕が店で食事をするように段取りをつけていたのだ。万が一、招待を断るなら、予約のキャンセル料を支払ってもらう。反対に、食事をするなら代金は気にしなくていい。これが、祖母が提示してきた条件だった。

　鞄ひとつで御殿場に滞在していたこともあって、手持ちの服はみすぼらしいものしかなかった。厳密なドレスコードはないと知らされていたとはいえ、よれよれのＴシャツに擦り切れたジーンズ、さらには穴の空きかけたスニーカーで招きに応じるほど、僕も厚かましいわけではない。ひとり場違いな格好をしていては、居合わせた人たちに不快な思いをさせてしまうかもしれないし、それでは誘ってくれたシェフに示しがつかない。ここは一度仕切り直しをして、あらためて機会を設けるべきだろう……。

　とっさに思いついたこの言い訳も、しかし、勝気な経営者として名を馳せた祖母にはまるで通用しなかった。同居する伯父を呼び出し、僕のためにスーツ一式と革靴を用意するように言いつけると、祖母は断固とした調子で宣言した。

「フトシ！　あんたはばあちゃんの言うとおりにしてればいいさあ！」

　迎えた火曜日、僕は丈の足りないグレーのスーツを着せられ、伯父のハイエースで店まで連れていかれた。目的のレストランは、鬱蒼とした林を抜けた先にあった。敷地の正面には古びた門があり、駐車場から建物までレンガの舗道が敷かれていた。

　車を降り、道の途中で振り返ると、運転席の伯父が軽く手をあげた。伯父は、僕のことを気の毒がってくれていたが、かといって祖母の言いつけに背くことには反対だった。逆らったってろくなことにはなんねえんだわ、とぼやいていた。夕暮れの斜光が芝生の庭に伸びていて、足もとでは小さなシヨウリョウバッタが飛び跳ねていた。

受付で出迎えてくれたのは、白いシャツにブルーのエプロンを身につけた小柄な従業員だった。いささか愛想に欠ける彼に案内されて、僕は壁際の席についた。どのテーブルにも純白のクロスがかけられていて、秋の草花をあしらったショープレートが置かれていた。平日の夜にもかかわらず、大半の席が埋まっていて、ドレス姿の女性も目についた。喜び勇んで食事に来たわけではなかったし、レストランに就職する気は毛頭なかったが、このとき、どんなものが食べられるのかと意地汚い期待をしてしまったことは否定できない。

その後の二時間半に思いをめぐらせると、いまでも僕は不思議な気持ちにさせられる。といって、そこで出された料理は、変に趣向を凝らしたり、派手な演出があったりしたわけではない。

コースは「グジェール」と呼ばれるシュー生地に似たスナックから始まり、アミューズブーシュは「金華豚のハムとタマネギのタルト」。「自家製天然酵母のパン」はねっとりとした「豚肉のリエット」とともに運ばれてきて、「夏野菜のガスパチョ」には大ぶりに切ったトマトやキュウリ、フヌイユ、ナスの煮浸しが入っていた。そして、この店の定番料理である「アサリとジャガイモの重ね焼き」――蒸したジャガイモとアサリを交互に重ね合わせ、薄く延ばしたベーコンで巻いたもので、厚さ二センチほどのテリーヌのうえには、鼻を抜けるような香りがする、ぼってりとした白緑のソースがかけられていた。外周に茜色の彩色が施された丸皿には、タマネギと生クリームの泡立つスープを入れたカップが添えてあり、これを箸休めのようにして、魚介の旨味とベーコンの塩気を吸ったジャガイモを食べてほしいという。

料理に合わせてグラスで用意されるワインを呑みながら、僕は一心不乱にナイフやフォークを動かした。続いて登場した「ハシキンメのポワレ」は、皮目が香ばしく焼かれ、しっとりとした白身は適度に脂質を含んでいた。相変わらず素っ気ない、若い従業員によれば、沼津ではゴソと呼ばれている魚で、キンメダイと違って、あまり流通していないらしい。

「タイムのグラニテ」を挟んで、メインは雌の繁殖牛を長泉町の牧場で肥育しなおした「経産牛のグリエ」で——仔牛を何頭も産んだ母牛は、日本ではほとんど価値を認められていないそうで、通常、飼料やペットフードになることが多いという——濃厚な血の味わいのする肉の付け合わせは、オーブンで焼いたサトイモとナタマメ、ツルムラサキとインゲンだった。

それらを残さず食べたら、ただでさえ窮屈だった伯父のスーツがいっそうきつくなった。舌を撫でるような食感の「メレンゲのアイスクリーム」、小山町の栗を使った「モンブラン」、店の庭で育てている「レモンバームのハーブティー」、それに「米粉を使ったフィナンシェ」まで出てきて、いよいよシャツのボタンが飛んでしまうのではないかと不安になった。

食後、膨れた腹に手をやって、僕はキャンドルの灯った店内を見渡した。食欲が満たされ、催眠術にでもかかったような気分だった。いや、単に酔っていただけかもしれない。冷たい水で喉をうるおして、僕はこの数時間に舌のうえを通り過ぎていった、味のひとつひとつを反芻した。

誤解を恐れずに言えば、それは濁りのない料理だった。盛りつけは控えめながらも美しく、素材の旨味がまっすぐに出ていた。トマトはこれ以上ないほどトマトの香りがしたし、アサリはアサリの風味が強く、牛肉を食べているときには自分が肉を噛みしめていることを実感した。自分が知っていると思っていたもの、こうだと決めつけていたもの、身近にあるものが、実はこんな味だったのかと目を開かされる思いがしたのだ。そして、それらの多くが地元で収穫され、いまの時期にしか手に入らないものだった。

時間と場所――その両面が個性として活かされているからこそ、束の間ながらもこの地域を身近に感じ、ここを訪れた意義さえあるような気がしたのだろう。たとえ、それがアルコールによってもたらされた錯覚だったとしても、これまでそんな経験はしたことがなかった。

その一方で、食事の合間には波が引く瞬間もあって、自分はここで何をしているのだろう、と疑問を感じることもあった。身の丈に合わない食事をして、ひとり悦に入っている。そもそも自分で支払いをするわけではないし、料理の感想を伝える相手もいない……。

食事中、僕は会えなくなった人たちのことを何度も思い出し、いろいろな想像をめぐらせた。あの人がここにいたら、もし彼女だったら、これを食べてどんなことを言うのだろう、と。父や母、離婚した妻、あるいは遠くに行ってしまった人たちの顔が次々に思い浮かんで、彼らの不在を意識しないわけにはいかなかった。

営業終了後、僕はシェフに連れられて二階の事務室にあがった。応接室を兼ねているその部屋には、天井まである巨大な書棚が据えつけられていて、国内外の料理書や写真集、自然科学や環境問題、歴史を取り扱ったものまで大量の本が収められていた。

コックコートからシャツとチノパン姿に着替えたシェフは、奥の部屋から四合瓶とガラスの猪口を持ってきて――このとき彼が出してくれたのは、意外にも地元御殿場の酒蔵で作られた純米酒だった――革張りのソファに腰をおろした。

それに口をつけるまえに、僕は今回の招待に対して礼を述べた。そのうえで、あらためて入店の意思がないことを伝えると、だったら朝まで呑むことになるな、と彼は言った。

「了承するまで帰さないということですか？」

「そうだ」

脅しとも取れる言葉とは裏腹に、酔うほどにシェフは陽気になり、出身地である御殿場で飲食店を経営する意義を饒舌に語った。人口減少が続く地方都市で利益を出しつづけるためには、都市部とは違った難しさを克服する必要がある。〝団塊の世代〟であり、料理人として四十年以上の経歴を誇る彼もまた、以前は東京を拠点としており、十数年まえに生まれ故郷に戻ってきたのだという。あのまま向こうにいたら裸の王様になっていただろうな、と彼は付け加えた。

「いまは服を着ていますね」

強面の料理人ににらまれて、僕は愛想笑いを浮かべた。「移転して、何が変わったんですか？」

「全部だ」

「というと？」

食材のあり方を考えるようになったし、調理の組み立てを根本から見直したのだと彼は言った。メニューをおまかせコース一本に絞ったのは、その時々でもっとも良い素材を使えるだけでなく、材料の無駄を省けるからだという。

その流れから料理の感想を訊かれ、美味しかったです、と答えると、シェフは露骨に顔をしかめた。

「それだけ？」

そこで僕は食事中に感じたことを率直に語った。自分の知っている――といっても、乏しい経験しかないけれど――フランス料理とは異なる印象を持ったこと。聞き慣れない名前の魚があったこと。経産牛なるものを初めて知ったこと。どの料理も味の強さが感じられた一方で、全体としてすっきりした印象を持ったこと。そして、誰かと一緒だったらより楽しい時間を過ごせたであろうこと……。

「誤解しないでください」渋い表情を浮かべた相手を見て、僕は付け加えた。「独りでいるのが辛いとか、離婚を後悔しているとか、そういうつもりで言ったわけではないので」

それでもシェフが押し黙ったままだったので、僕は話題を変え、コースのなかでも印象に残った「アサリとジャガイモの重ね焼き」について質問した。鼻を抜けるような香りがしたけれど、あれは何が入っていたんでしょう、と。

「ソースはコリアンダー。ジャガイモにはアンチョビのオイルを使ってる」

「パクチーだったんですね」僕はうなずいた。「ちなみに、あの料理を作るのにどれくらいの時間がかかるんですか？」

「難しい質問だ」彼は鼻の穴を膨らませた。「皿に盛りつけるだけなら、たいした時間はかからない。でも、そのまえにスープとソースを用意して、テリーヌをなじませる必要がある。もっと言えば、材料を揃えて、下ごしらえだってしなくちゃならん」

「そうやって手間隙かけたものが完成したそばからなくなって、残念に感じることは？」

「そういう商売だからな」

「自分の作品を残したいとは思わない？」

「ルセット、レシピがある。それか写真を撮ってもいいが……。嫌な風潮だな、何でもかんでも記録に残そうっていうのは」

「そう考えると、料理は音楽とか演劇に近い気がしますね」

「どうして？」

「テキストの再現性という意味で」

「ふん」彼は不満げに鼻を鳴らした。「間違いとは言わんが、大事なことを見落としてる」

「何でしょう？」

「料理を作るために必要なものはなんだ？　食材だろう？　たとえばジャガイモひとつ取ったって、百年まえといまでは味が違うはずだし、同じ品種だからって全部が同じ味なわけじゃない。調理はあくまで技術であって、材料に応じてその都度変化する必要がある」

「なるほど」

「辻静雄の本を読んだことは？」

「ありません」

「そこにあるから読んでみるといい」そう言って、彼は横の書棚を指さした。

「それはどうも」僕は瓶を取って、相手の猪口に酒を注いだ。「で、その辻さんが？」

「料理は芸術に近いかもしれないが、芸術であってはいけないと言ってる。たぶん、その通りなんだろう。でも、個人的にはそんなもんじゃないと思うこともある。料理人が作ったものは、観たり、聴いたりするだけじゃなくて、食べた人の体に吸収されて、骨や肉の一部になるんだからな」

驚異的な速さで純米酒を流し込むシェフにつられて、僕は明らかに呑み過ぎていた。ふらつく足でトイレに行き、焦点の定まらない目で書棚を見まわした。それに飽きたところでソファにもたれかかり、料理人を志したきっかけを目のまえの相手に尋ねた。

するとシェフは、野球のグローブのような手を組み合わせて、この土地で過ごした少年時代を振り返った。貧しい農家の三男坊として育った彼にとって、母方の叔父が営んでいたという洋食店で初めて口にしたコンソメスープは衝撃だった。ハンバーグやオムレツも好きだったけれど、あの黄金色のスープには腰が抜けそうになった、と。口あたりはまろやかで、とろけるような優しい味わいがあるのに、滋養に富んで、身体の芯まで温まる。それまで柔道にしか興味がなかった田舎の少年は、その感動に突き動かされ、料理の道に進むことを決意した。

高校卒業後、彼は叔父のツテを頼って横浜のホテルに就職し、数年をそこで過ごしたのち、渡仏して、各地で経験を積んだ。オーナー・シェフとしてみずからのレストランを開いたのは、十一年に及んだフランス生活を切りあげ、日本に戻ってきてからだった。

「その洋食屋はどこにあるんですか？」

「ここだ。この場所にあった。俺が向こうに行っているあいだに叔父さんが死んで、店も潰れた」

「ちなみに、いまでもコンソメを作ることは？」

「シカが入ったときには」

「それは子どものころに食べたものと同じ味ですか？」

「いや、違う」

「あえて？　それとも再現できないという意味で？」

「ここにある味と」彼はひとさし指をこめかみに当て、続けて指先を口もとにずらした。「ここで感じる味は別だ」

「あたまと舌、ということでしょうか？」

「どうしたって過去は美化されるからな」

「記憶には勝てない？」

「勝ち負けの問題じゃない」

　僕は額に手をやって、ぐらぐらと揺れるあたまをどうにか働かせようとした。窓の外でケヤキの枝が音を立てていて、そのざわめきに気を取られているうちに、いっそう酔いがまわってきた。「そもそもフランス料理ってなんですか？　日本で日本人が作ってるのに、本格フランス料理って……」

　少しのあいだ、彼は何も言わずに僕を見ていた。やがて視線をこちらに据えたまま、ゆっくりと口を開いた。「日本人は着物で暮らすべきだし、サッカーではなく、蹴鞠をしろと？」

「そうは言ってません」

「じゃあ、日本食の定義は？」

「見当もつきませんね」

「ほら、みろ」彼は言った。「何をもってフランス料理とするか。ソースの有無？　調理法？　コースの組み方？　いろんな言い方ができるが、そこに絶対はない。なぜだか分かるか？　阿呆ほど幅があるし、常に他の料理の影響を受けてるからだ。ちんけな理屈にこだわって、ここにあるものを蔑《ないがし》ろにするなんて、そんなやり方は納得がいかん」

　その後もシェフはさまざまな話をしてくれたが、酩酊していた僕はまともな受け答えができる状態になかった。知らぬ間に口から言葉が流れ出し、かなり威勢のいいことまで——自分だったら店をこうするとか、あそこは直したほうがいいとか、いかにも酔っ払いが言いそうなことを——口走っていたらしい。結果、シェフには、ずいぶんこの仕事に興味が湧いてきたみたいじゃないか、と冷やかされ、帰り際には、約束したぞ、と念を押された。来週までに店に来なかったら噛み殺してやるからな、と。

　次に目を開けたときには、首に手ぬぐいを巻いた祖母が心配そうにこちらをのぞき込んでいた。朝の光が目にまぶしく、喉はからからに渇いていた。

「ばあちゃん……」

　あとで知ったところでは、〈ジョル〉の二階で泥酔した僕は、シェフが呼んでくれたタクシーに乗り込み、上機嫌で店をあとにしたようだ。そうして祖母の家に帰ったところまでは良かったのだが、家に入るまえに力尽き、そのまま庭の隅で眠ってしまったらしい。おかげで伯父から借りたスーツは砂まみれになり、脱げた靴はツツジの茂みに埋もれていた。

「さっき岩田さんから電話があっただよ」祖母はざらざらした声で言った。

「電話？」

「お店の近くにアパートがあるから、いつ引っ越してきても大丈夫だってさあ」

「悪いけど、もっと小さい声で……」

頭痛に顔をゆがめたこちらを見て、祖母は誇らしげにうなずいた。「仕事が見つかったんだもん。やっぱり、ばあちゃんの言ったふうにしてよかったら？」

*

入店後まもなく、いや、店が借りあげている単身者用のアパートに荷物を運び入れた直後から、僕は飲食業界の洗礼を浴びた。事前の約束では、出勤は引っ越しの翌日からとなっていたのだが、夕方になって連絡があり、急遽、顔を出すよう命じられたのだ。

従業員用の通用口は建物の裏手にあり、僕は電話で教えられたとおりに芝生の庭を抜けて、バックヤードの扉を叩いた。再度ノックをしても返事がなかったので、屋内を覗いて、恐るおそるなかに入った。

整理整頓が徹底された部屋には大きな作業台があり、そこに糊のきいたブルーのエプロンが用意されていた。トイレと洗面所、ロッカー室を横目に奥まで行き、突き当たりのスイングドアに向かって声をかけた。「あの、すみません……」

「おう、来たか」コックコート姿のシェフは姿をみせると、強引にこちらの手を取って、骨が砕けんばかりの勢いで握りしめた。「じゃあ、まずは駐車場だな。箒は倉庫にあって――」

挨拶もそこそこに外まわりの掃除について話しはじめた相手を見て、待ってください、と僕は言った。「仕事は明日からだと……」

だが、この問いかけは彼の耳には届かなかったようだ。大まかな手順を述べると、シェフは納得したようにうなずいて、せわしなく厨房に引き返していった。

ひとりその場に取り残された僕は、しばらくのあいだ通路に立ち尽くし、これは何かの間違いだと自分に言い聞かせた。こんなはずはない、と。けれども、待てど暮らせどシェフは戻ってくることはなく、ただ時間だけが過ぎていった。

結局、腑に落ちないながらも外に出て、玄関やテラスを掃いてまわった。駐車場に落ちていたレジ袋や煙草の吸い殻を拾い、花壇に水を撒いて、外の倉庫に溜まった生ごみをコンポストに持っていった。これだけでもかなり時間がかかったのだが、営業時刻を迎えた店内に戻ると、新たな仕事を言いつけられた。先ほど見かけたブルーのエプロンを手渡され、洗い場に立つように命じられたのだ。

「あの、やっぱり話が違うと……」

困惑するこちらを尻目にシェフは怒声をあげた。すでに厨房では調理が始まっていて、右も左も分からない僕にも緊迫した空気は刺すように伝わってきた。彼を含め、スタッフは三人だけ。その人数で、約二十人分の食事を切り盛りしている。接客と調理は厳密に分担されていないらしく、コックコート姿の料理人が足早に客席に向かうこともあった。僕の目のまえには汚れた鍋やフライパンが次々と運ばれてきて、やがて客席から戻ってきたシャンパングラスや皿も加えられた。

唖然としていたこちらに指示を与えてくれたのは、僕と同世代の男だった。業務用の食器洗浄器の使い方や、それを作動させるまえに皿についた油分をスポンジで洗い流すこと、残飯の捨て場所、食器とグラスによってキッチンクロスを使い分けることなどを教えてくれたうえで、分からないことがあったら遠慮なく訊いてくれ、と肩を叩かれた。

その一言に背中を押されて、僕は及び腰ながらも食洗機の扉を開けた。手始めに小皿とタッパーを入れ、ワイングラスも追加した。熱湯によって洗浄されたそれらをひとつずつ拭いていき、近くの台に並べていった。いったん漂白剤につけたナイフやフォークも汚れを落とし、洗浄機にセットした。次から次に運ばれてくる器を一心不乱に洗った。手際が良かったのかどうかも分からない。ただ、我を忘れて作業を続けた。食洗機から溢れる熱気を受けて、いつのまにかTシャツの背中に汗が滲んでいた。こんなふうにひとつの物事に没頭したのは、ほんとうにひさしぶりのことだった。

営業時間も終わりに近づいたころ、終始こちらを気にかけてくれていた料理人の男に話しかけられた。「学校の先生をしてたんだって?」

「正確には、塾の講師だけどね」

「どうしてこの〝素晴らしき世界〟に?」

「外堀を埋められて」ふやけた指を見ながら、僕は返事をした。「気づいたときには逃げ場がなかった」

「入店の動機としては打ってつけだよ」

彼の名前は平岡啓介と言い、店ではシェフに次ぐ二番手として多くの仕事を任されている人物だった。実家は八王子の老舗蕎麦屋で、三十五歳。長身で引き締まった体つきをしていて、短く切った髪には白いところが目立っている。冗談を言ったり、笑ったりするとき、痙攣を起こしたように右の頬をあげる癖があり、国内外のレストランを渡り歩いてきたという彼にはその皮肉めいた仕草がよく似合っていた。

「初日を終えた心境は？」平岡は言った。

「正直、先が思いやられるね」

　ちょうどそのとき、もうひとりの従業員が近くを通りかかった。僕が店で食事をしたとき、接客を担当していた二十歳前後の男で、名前は小宮山智也といった。平岡に紹介されて、簡単な挨拶を交わしたものの、その態度は慇懃無礼だった。口を開けることさえ億劫な様子で、人を小馬鹿にしたような笑みを浮かべて、そそくさと客席に出ていった。

「あいつのことは気にしないでくれ」平岡は片方の頬に皺を寄せた。「少しまえに辞めた奴がいて、ちょうどナイーブな時期なんだ」

「なるほど」

　そんなことより、と彼は続けた。「今夜はしっかり休んでおけよ。明日はこんなもんじゃ済まないから」

　翌朝、〈ジョル〉のサービス担当として二日目を迎えた僕は、ひどい頭痛と胃の不快感に悩まされていた。体調を整えておくように、と平岡から忠告されていたにもかかわらず、昨晩は入店祝いをしてくれるというシェフの誘いに乗って、二階の事務室で深酒してしまったのだ。

　遅刻こそ免れたものの、足はふらついて、立っているのもやっとだった。シェフや平岡から営業まえの準備について説明を受けたが、真面目に聞いているふりをしているだけで、内容はろくにあたまに入ってこなかった。

「さすが先生。決まってるな」午前の打ち合わせのあと、スーツに着替えたこちらを見て、平岡が言った。「だけど、表に出るときにはもう少し明るい顔をしたほうがいい」

「昨日、呑みすぎたんだ」

　平岡は眉をひそめた。「よく休んどけって言ったろ？」

「シェフと一緒だったんだけど、切りあげどきが分からなくてね」

「シェフと？」

「あんなに酒が強い人、見たことがないよ」昨日の夜、彼が出してくれたのは勝沼の醸造家から送られてきたという甲州で、四本目のボトルを空けたところまでは意識がはっきりしていたが、それ以降は記憶が細切れになっていた。

「何をそんなに話してたんだ？」

「客まえに出るときの注意点とか、心構えとか……。でも、途中からはtotoについてかな」

「とと？」

「サッカーくじ。あるだろ？　試合の結果を予想して、金を賭けるやつ。最近あれにはまってるって」

「知らなかった」平岡はいかにも信じられないといった様子でつぶやいた。「シェフはサッカーが好きなのか？」

「あんまり詳しいわけでもないし、一度も当選したことはないらしいけど……。まえに二等を当てたことがあるって言ったら、食いついてきてね」

「驚いたな」

「こう見えてサッカーには詳しいんだ。幼稚園から高校まで――」

「そうじゃなくて」平岡はため息を吐いた。「シェフがそんな話をするなんて思わなかったってことだよ……。ともあれ、まずは仕事に集中だな。さしあたっては開店までにその顔をどうにかすること」

「そんなに辛そうに見える？」

「いますぐ逃げ出したいって感じだ」

「正解」

「良い度胸だよ」平岡はこちらの胸もとをこぶしで叩いて、曲がったネクタイを乱暴に直した。「この際、余計なことは考えなくていいから、言われた通りに動いてくれ。職場体験の中学生になった気分でさ」

むろん、周りの指示には従うつもりだった。自分が門外漢であることは重々承知していた。ただ、そうは言ってもこちらは義務教育を終えたばかりの十代ではない。収入や地位はともかく、社会に出てからそれなりの年月を過ごしているのだ。結果的に足手まといになるのは致し方がないとしても、業務を引き受けるにあたって最低限の準備が必要であることは理解しているつもりだった。

酔い醒ましに大量の水を飲んでから、僕は歯を磨いて、バックヤードにあった『基礎からわかるレストランサービス』のページをめくった。そうやって覚えられる範囲のテーブルマナーをあたまに叩き込んだあとで、居酒屋でのアルバイトを思い出し、パントリーと呼ばれる配膳室を見てまわった。さらにはテーブル番号をチェックして、注文を受けた際のメモの取り方もあらためて確認した。

開店後、最初に迎え入れたのは四人組の女性だった。年齢は五十前後で、全員が示し合わせたようにパステルカラーのシャツやカーディガンを着ている。

素早くドアを開けたものの、いらっしゃいませ、と言った声が震えた。我ながら情けない挨拶だった。それでも、気を取り直して代表者の名前を訊き、上着やバッグをクロークで預かった。グループを先導しながら店内を移動し、窓際のテーブルに案内して、順番に椅子を引いた。

全員が腰を落ち着けたところで、今度は飲み物のメニューを手にテーブルに戻り、来店の礼を述べた。学習塾で保護者を相手にしていたときの経験を生かして、ご婦人方の笑顔を引き出した。食前酒の希望も聞いた。初心者としてはまずまずの出来だったに違いない。厨房からこちらの様子を窺っていた平岡もほっとした顔をしていた。

その後は小宮山が引き継いだ。それぞれの席には食材名を記したお品書きのようなものが用意されていたのだが、コースを始めるにあたって全体的な流れを伝える必要があり、入店まもない僕には時期尚早と判断されたからだ。

小宮山は相変わらずの無愛想で、まるで電子機器のマニュアルでも読みあげるような調子で説明を行った。あどけなさの残るにきび面も手伝って、その姿は給食当番をする中学生を思わせた。だが、一部の人には、そうやって背伸びをする様子が微笑ましく映ることもあるのだろう。時折、語尾が曖昧になる小宮山を見て、目尻をさげる女性もいた。

そんなやり取りを眺めていたら、続けざまに来客があった。徐々にテーブルが埋まり出し、作業に追われる厨房は一気に活気づいた。コンロやオーブンに火が入り、換気扇が低い唸りを立てている。チャンバーといわれる業務用の冷蔵庫が開閉され、ガスレンジの熱気がパントリーにいるこちらにも伝わってきた。

調理台に目をやると、スプーンを手にした平岡が、木の葉型の器によそった「バターナッツカボチャのスープ」にショウガ風味のヨーグルトを添えていた。エシャロットを炒めていたシェフが怒号を飛ばし、調理台に必要な食器を揃えていなかったことを咎められた小宮山は——なぜかこちらをにらみつけてから——険しい表情でバックヤードに駆けていった。

当然ながら、僕も傍観者ではいられなかった。言われるがままグラスを回収し、ワインのリストを用意して、バスケットに入れたパンを配った。壁際のテーブルにカトラリーを持っていったときには、教本の記述とこれまでに訪れたレストランの記憶を総動員してナイフとフォークを配置した。追い立てられるようにして料理を運んだこともあったが、客席での振る舞いに関しては……あらためて学ぶ必要があるだろう。途中でしどろもどろになって、シェフから言われたことを最後まで伝えることができなかった。また、ディッシュウォーマーで熱せられた皿には……果たして慣れることがあるのだろうか？　肉や魚が冷めるまえに、こちらの指が焦げてしまいそうだった。

そうやって約三時間、僕はひたすら店内を往復した。文字通り、目がまわるほどの忙しさだった。大汗を掻いたシェフとともに建物の外に出て、最後の客を見送ったときには足が棒のようになっていた。

「いつもこんな感じですか？」呆然とポーチの隅に立って、僕は隣の相手に尋ねた。

「オーブンを使ってると」コックコートの胸もとをつまんで、シェフは汗ばんだ肌に風を送った。「どうしたって暑くなるからな」

「そうじゃなくて、店の混み具合が……」

「今日は普通だろう」

「こんなに忙しかったのに？」

彼は素知らぬ顔で振り返り、木製のドアを押し開けた。「さあ、ちゃっちゃと片付けて、メシにするか」

*

入店当初、シェフは僕のことを「芹沢君」と呼んでいた。懇意にしている生産者の孫ということで、多少は遠慮があったのかもしれない。だが、一週間もしないうちに呼び捨てになった。フトシ、と下の名前で呼ばれた。こちらがつまらないミスを繰り返したせいで、堪忍袋の緒が切れたのだろう。テーブル番号を間違えたり、料理を出すタイミングが遅れたり、訊かれたことにすぐに答えられなかったりしたときには、容赦なく罵声を浴びせられた。いつまで負け犬でいる気だ、と。おまえがだらしないせいで、ここにいる全員が路頭に迷うかもしれないんだぞ、と。

もちろん、こちらとしても好んで足手まといになっているわけではなかった。三十代も半ばになって子どものように叱られたいはずがない。とはいえ、接遇の仕事は一朝一夕で覚えられるものではなく、日ごとに替わる食材の情報や調理法を理解し、正しいマナーを踏まえたうえで接客をするには、それ相応の時間と経験が必要だった。

また、どれだけ注意していても、客席では予期せぬ出来事が頻発した。あるときは、事前に確認していたにもかかわらず、コースの途中で食物アレルギーが発覚した。別のときには、近隣の観光案内を頼まれ、温泉までの地図を描いたこともあった。他にも、代金さえ支払えば従業員を奴隷扱いしてもいいと勘違いしている家族もいれば、こっそりナイフやフォークを持ち帰ろうとする、厚顔無恥な夫婦もいた。

接客以外にもテーブルのセッティングや会計処理、予約管理、パソコンを使ったメニューの印刷やワインの発注、それに一日に三度の清掃が義務づけられていたので——各自、持ち場が決められ、道具も指定されていた——不慣れな僕は、四六時中、業務に追われているような状況だったのだが、すべてを取り仕切っているシェフがそれ以上の時間を準備や片付けといった地道な仕事に充てていたから、こちらとしてはなおさら気を抜くわけにはいかなかった。

連日、沼津か小田原の魚市場や、近隣の生産者のもとに立ち寄ってから出勤するシェフは、挨拶代わりに僕たちの手をひねりつぶすと——毎朝、彼と握手をするのがこの店の習わしだった——持ち帰った食材の選別を始め、そのまま仕込みに取りかかった。肉の掃除からフュメ・ド・ポワソンと呼ばれる魚の出汁の準備、それにパン種を寝かせるところまで、あらゆる作業を平岡と分担して行うのだ。

唯一、役割が決まっているのは、店の定番料理である「ジャガイモとアサリの重ね焼き」の下ごしらえで——テリーヌを成形し、オーブンで蒸し焼きにする——それだけは彼自身が行うことになっていた。

日によっては、朝から大音量でヴェルディやモーツァルトのオペラがかけられることもあり、眉間に皺を寄せたシェフは、僕たちを鼓舞するように調子外れの声で歌ったり、手を打ち鳴らしたりした。

開店後のシェフは、過度に神経質で、気に入らないことがあれば、ブレーキの利かないブルドーザーのように僕たちに当たり散らした。

その振る舞いは、キャリアを積んだ料理人というより、リング外で観客を威嚇するプロレスラーのそれに近かった。怒鳴ったり、壁を蹴ったり、場合によっては苦悶の表情を浮かべたりしながら——食べ残しが多かったとき、彼は電池が切れたように動きを停止した——目のまえの皿を仕上げることに邁進するのだ。

あまりの剣幕から、このレストランで提供される料理は怒りや苛立ちの産物なのではないかと感じることさえあった。感情をさらけだすことで、この人は仕事に対する原動力を得ているのだと。

ただ、そうした過程を経て生まれた料理はどこまでもシンプルで、静謐さすら感じられるものだった。その証拠に、雑誌や新聞の取材を受けた際には、「無駄を排して」や「素材本来の味を引き出す」

といった表現が常套句となっていた。記事によっては柔和な笑みをたたえたシェフの顔写真が添えられ、舞台裏の喧騒とは異なるイメージを演出していた。

実際、東京から僕を訪ねてきてくれた友人のひとりは、会計後の挨拶に出たシェフを見て、すごく優しそうな人じゃない、と言っていた。あの笑顔にみんな騙されるんだ、とこちらが訂正しても、冗談にしか聞こえないようだった。

誰にも手がつけられない日中の状態に比べれば、閉店後、二階の事務室で酒を呑んでいるときのシェフは格段に接しやすかった。テレビのニュース番組を観ながら悪趣味な冗談を言うこともあれば――彼は政治家のスキャンダルに目がなく、〝その手の週刊誌〟を片っ端から読んでいた――先にも述べたようにtotoの予想に熱中することもあった。

また、こちらが希望すれば、日中、僕を叱責した場面を振り返り、次はどのように行動すべきかを指導してくれた。エスコフィエの『ル・ギード・キュリネール』からレネ・レゼピの『ノーマ』まで、料理やサービスに関する本を紹介してくれたのもこの席でのことである。

定休日のまえには、行きつけの呑み屋に連れていかれることも多かった。廃業した映画館の裏手にある〈まゆみ〉は、シェフの幼馴染が経営するスナックで、かつてのクラスメイトたちの溜まり場になっているようだった。

サービス精神旺盛なまゆみママは、そこに紛れ込んだ僕を歓迎してくれただけでなく、柔道部に所属していた〝岩田君〟が、高校時代は国体に出場するほどの実力の持ち主だったことを教えてくれた。

いまはこんなふうになっちゃったけど、昔はしゅっとして可愛かったんだから、と。

　ウナギの寝床のようなその店には、昔馴染みの友人たちが入れ替わり立ち代り顔を出したから、職場では知り得ないシェフの過去を——学校帰りに集めたクリを焼いて教室で売ったことや、他校の生徒を相手に大立ちまわりを演じたこと、熱海の温泉街で初体験をすませたことなど——耳にすることができた。

　ちなみに、〈ジョル〉の従業員というより、岩田の子分として認知されていた僕は、そこでは完全に道化師役と見られていた。シェフは僕のことを〝バツイチのふられ男〟と触れまわっており、レストランのサービスとしては完全に〝周回遅れ〟なので、〝みっちり鍛えてやってくれ〟と口癖のように言っていたからだ。

　いずれにせよ、僕とシェフは毎晩のように酒を呑み、仕事のあとの数時間を他愛のないおしゃべりに費やした。一杯やるか、と彼から声をかけられる場合もあれば、Ｊリーグの選手名鑑を持ってこちらが事務室のドアをノックしたこともあった。

　僕としては、狭苦しいアパートに戻ったところで誰が待っているわけでもなかったし、一日の終わりを安価な冷凍食品ですませるより、店の残り物やシェフが作ってくれる肴のほうが充実していることは明らかだったから、閉店後も職場に残るのはいたって自然な流れだった。

　一方、シェフにしても、状況は似たり寄ったりだったのではないかと思う。市内の実家には高齢の父親と長兄家族が暮らしており、他にも相当数の親戚がいたようだが、事務室の奥の居住スペースに誰かが出入りするところは見かけたことがなかった。忙しかった日の夜には、なかなか寝つけないと言っていたから、暇つぶしをするには僕は適当な相手だったのだろう。

レストランや料理に関する込み入った話を聞いているときには、おのずと講義を受けるような格好になったものの、酔っているときの僕たちの関係は、上司と部下というより、年の離れた友人同士に近いものだった。彼は必要以上に敬意を払われることにうんざりしていたし、こちらも変に持ちあげたりはしなかった。出されたものは遠慮なくいただき、意地の悪いことを言われれば負けじとやり返した。僕たちが夕食を共にしないのは、各地のイベントや学会に招かれたシェフが留守にしている場合か、仕事の疲れと連夜の深酒でこちらがダウン寸前になっているときだけだった。

そう考えてみると、還暦を過ぎているにもかかわらず、シェフの体力は驚異的だった。どれだけ酒を呑んでも、翌朝には涼しい顔で仕事をしている。体調を崩したり、二日酔いで苦しんだりしている姿は見たことがない。最悪の気分を引きずっているのは、決まって僕のほうだった。


朝晩が冷え込むようになってきた十月終わりのある朝、いつもより一時間ほど早く出勤した僕を見て、バックヤードにいた平岡は呆れたような声を出した。「朝からすごい顔してる」

「おかげさまで」

「一晩で十歳は老けたって感じだな」

近くの椅子に手をかけて、僕はのろのろと坐りこんだ。「トイレに行きたくなって目が覚めたんだけど、ここで寝たら絶対遅刻すると思って、歯を食いしばって家を出てきたんだ」

「何か食べたのか?」

「顎を動かす気力もないよ」

「コーヒーを淹れてやるから顔ぐらい洗ってこいよ」平岡は言った。「二日酔いのときは無理にでも食べて胃腸を動かしたほうがいい」

　連日、這うようにして出勤する僕を気にかけながらも、平岡はシェフに呑み仲間ができたことを歓迎しているようだった。俺には無理だ、と言っていた。とても耐えられない、と。昼にあれだけ怒られて、仕事のあとも一緒にいるなんて気が知れない、とも。

　こちらが顔を洗っているあいだに、平岡はオーブントースターにパンを入れ、お湯を沸かしてくれていた。タオルを手に椅子に戻ると、作業台のうえには昨夜の営業で残った豚肉のリエットと熟成が進みすぎたチーズ、それに野菜の端切れで作ったマリネが並べられていた。

「昨日も遅くまで？」やかんの湯をドリッパーに注ぎながら平岡は言った。

「この姿を見て分からない？」

「たいしたもんだよ、ふたりとも」

「寂しい独り身同士、傷を舐め合ってるだけさ。酔っ払うくらいしかはけ口がないんだ」

「あの岩田シェフに向かって、どうしたらそんな口がきけるんだか……」

「入店してまだ日が浅いからね。大目に見てもらってるんだ」

「そういう問題か？」

「部外者の立場から言わせてもらえば」僕は抗議をするようにタオルを振ってみせた。「君らはシェフを尊敬しすぎなんだよ」

「敬意を払って当然の人だからな」

「職にあぶれたところを拾ってくれた恩人だからね。僕だって悪く言うつもりはないよ。素直に感謝してるし、あれだけ料理のことを考えてる人は滅多にいないんだろうと思う。でも、上司としてはやっかいな人だよね。口の悪さは折り紙つきだし、どこで爆発するかも分からない。もう少しどうにかならないのかと感じることはある」

平岡はコーヒーをカップに注いで、何も言わずにこちらに差し出した。

「ありがとう」

「どういたしまして」

「ずっと気になってたんだけど」湯気のあがるコーヒーを口に含んで、僕は尋ねた。「どうして君はこの店に？　ここに来るまえはホテルで料理長をやってたって聞いたけど……」

「軽井沢のリゾートホテルでね。まあ、名ばかりってやつだから、たいしたもんじゃない。本社との調整やらシフト管理やらで退屈してたとき、〈ジョル〉で求人があると知って、すぐに面接を申し込んだ。給料は減るし、急いで引っ越しをしないといけなかったから、あとで嫁にはみっちり絞られたけどね」

「それほどここで働きたかったってこと？」

「ああ」

「何がそんなに魅力なんだろう？」

すると平岡はこちらの問いかけを聞き流して、〈ジョル〉以前のシェフのキャリアについて自分のことのように語り出した。その大半は本人の口から聞いたことのあるものだったが、南青山にレストラン〈ラ・プリュム〉を開業後、大手食品メーカーと共同で惣菜を販売していたことや、パリに出店計画があったこと、順風満帆だと思われたさなかに突如閉店し、忽然と姿をくらませたことは知らなかった。

「その辺の事情をシェフから聞いたことは？」

「まったく」僕は首を振った。

「何年かまえに出版したレシピ本でも、この時期のことはしゃべってない」

「隠してるってこと？」

俺もこの世界に入ったころのことだから、と前置きをしたうえで、当時は多額の借金を背負っていたとか、重病を患っていたとか、いろいろな憶測を呼んだらしい、と彼は続けた。ただ、その数年後に御殿場で開業した〈ジョル〉は、まだ見習いだった平岡だけでなく、日本のフランス料理界に少なからず衝撃を与えたという。〝地産地消〟や〝食のサステナビリティ〟といった言葉が広まる以前、名の知れぬ地方都市の特色を売りにするような店はまだ少なく、食材のほとんどを地元で賄うようなレストランはめずらしかったからだ。

「ガストロノミーで名を馳せた、東京の料理人が地元に戻って、それまでとは正反対のことをやりだしたから、最初は反発も多かった。トリュフも、フォアグラも、ブレス産の鶏肉も使っていない。しかも、都心から離れた静岡の田舎町で、とりたてて有名でもない産地の、ごみのような食材まで使ってる。あれが本格フランス料理？　冗談じゃないってね。それにかこつけて良からぬ噂を広める輩もいた」

「噂って?」

「給料の未払いから、日常的な暴力まで」

「乱暴な人ではあるけど」僕は言った。「殴られたことはないね」

「昔は口より先に手が出てたって話だ。シェフも若かったし、そういう時代だったんだろう。総あがりもあったみたいだし」

「そうあがり?」

「ある日、一斉に従業員が辞めること」

「なんだかクーデターみたいだね」

「とにかく、開業当初の〈ジョル〉に対する風当たりは相当なものだった。だけど、シェフもあの性格だからさ。自分に批判的な相手とはとことんやり合った。文句があるなら面と向かって言ってみろってね。取材を受けるたびにそんなことを公言してたみたいだし、どこかの評論家を捕まえて廃業に追い込んだ、なんてまことしやかな話もある。しかも、料理専門誌のインタビューでは、飲食業界のあり方を徹底的に非難した」

　この当時、シェフが批判していたのは、盲目的に伝統を重んじる料理界の風潮だった。たとえば海には無数の生物が生息している。けれども、市場に流通するのは、漁獲量が多く、加工しやすい、一部の魚種だけだ。そうした偏りを〝文化〟や〝慣習〟といった言葉に当て嵌めることもできるが、反面、選択肢を狭める原因にもなっている。調理技術は格段に進歩し、新たな食品成分などが解析され

post card

恐れ入りますが、切手をお貼りください

810-0041

福岡市中央区大名2-8-18
天神パークビル501

書肆侃侃房 行

□ご意見・ご感想などございましたらお願いします。

※書肆侃侃房のホームページやチラシ、帯などでご紹介させていただくことがあります。
不可の場合は、こちらにチェックをお願いします。→□　※実名は使用しません。

書肆侃侃房　http://www.kankanbou.com　info@kankanbou.com

■愛読者カード

このはがきを当社への通信あるいは当社発刊本のご注文にご利用ください。

□ご購入いただいた本のタイトルは？

□お買い上げ書店またはネット書店

□本書をどこでお知りになりましたか？

01書店で見て　02ネット書店で見て　03書肆侃侃房のホームページで
04著者のすすめ　05知人のすすめ　06新聞を見て（　　　　新聞）
07テレビを見て（　　　　）　08ラジオを聞いて（　　　　）
09雑誌を見て（　　　　）　10その他（　　　　）

フリガナ
お名前　　男・女

ご住所　〒

TEL（　　）　FAX（　　）

ご職業　　年齢　　歳

□注文申込書

このはがきでご注文いただいた方は、**送料をサービス**させていただきます。

※本の代金のお支払いは、郵便振替用紙を同封しますので、本の到着後1週間以内にお振込みください。
銀行振込みも可能です。

本のタイトル	冊
本のタイトル	冊
本のタイトル	冊

合計冊数　冊

ありがとうございました。ご記入いただいた情報は、ご注文本の発送に限り利用させていただきます。

ているにもかかわらず、多くの料理人が過去のイメージに捉われ、右に倣えの調理をしている。誰もが同じものを作ろうとするから、特定の食材ばかりが高騰し、資源は枯渇するのだ。食糧危機や環境問題が取り沙汰される時代にあって、飲食業者は先を見据えた仕事をするべきだし、それができないのであればレストランなんて消えたほうがいい……。これが十数年まえのシェフの主張だった。

「だけど」平岡の説明を聞いて、僕は反論した。「東京のレストランではあの人だって好き放題やっていたわけだろう？」

「まあね」

「シェフの信奉者である君は、それを矛盾だと思わない？」

「むしろ、変わったことを評価してる。似たようなことを続けるより、まったく違うことをするほうがリスクが高い。それに、昔はいろいろあったかもしれないけど、いまシェフがやってることはもっと評価されるべきなんだ。もし料理で世の中を変えられるとしたら、こういう小さな積み重ねしかないと思う」

「ずいぶん大きく出たね」

「そうでもないさ」

「どういうことか教えてくれ」

「そうだな」しばらく考えてから、平岡は口を開いた。「試しに、江戸時代の食べ物を考えてみるといいかもしれない。たぶん、コメとか野菜とか魚なんかがよく食べられてたんだろうけど、ウシやブタは一般的じゃなかった。それが変わったのは、明治になって西洋料理が入ってきてからだ。で、いまとなっては牛肉、豚肉抜きの食事なんて考えられない。この百五十年で、日本人の好みも、考え方も、暮らしも、風景だって別物になった。その善し悪しはともかくとして、そこに料理人の変化が影響したことは間違いない。〈ジョル〉が目指してることは、そういう動きに近いと個人的に思ってる」

　平岡はシェフを尊敬していた。それは、こんなふうに雑談をしていても、ひしひしと伝わってきた。片や、僕は店の理念に共感できるほどの知識を持ち合わせていなかった。恐ろしくこだわりの強い職場であることには嫌でも気づいていたが、目のまえの仕事を覚えることに手一杯で、全体を見渡すほどの余力が残っていなかったのだ。

　不思議だったのは、シェフを憧れの対象だと公言してはばからない平岡が、仕事のあとの呑みの場には決して加わらなかったことだ。折を見て声をかけても、車で通勤しているから、というお決まりの答えが返ってきた。シェフが寂しがってるぞ、と変化をつけてみても、空いた時間は家族と一緒にいたい、と断りの返事があるだけだった。

　シェフとしてはそれを物足りなく感じていたようだが、平岡からすれば厨房における師弟関係は――立場をわきまえていない、こちらの想像以上に――厳粛なものだったのだろう。後日、彼らを介して知り合った多くの料理人が他の業種では見かけなくなった規律をいまだに遵守していたことを考えると、平岡の態度もあながち不自然ではないのかもしれなかった。

　焦げたパンを皿に載せて、平岡はもったいぶった口調で付け加えた。「お待たせしました、お客様」

「悪いね」

「いつか恩返しをしてくれよ」

「借りは返すよ」

「そう言って、みんないなくなるんだ」

「重みのある言葉だね」

「ま、ここまでもっただけでも意外だったけどな」平岡はぼそっとつぶやいた。「せいぜい一週間、どんなに頑張っても二週間が限界で逃げ出すと思ってたんだ」

「そんな根性なしに見える？」

「そうは言ってない」

「じゃあ、どうして？」

「未経験だし、たいして若くもない。それなのに、毎晩、馬鹿みたいに酔っ払って……。そのうちガタがくるのは目に見えてる」

「そこまではっきり言われると」僕はパンをちぎって、口に放り込んだ。「返す言葉もないよ」

　古ぼけたトースターが音を立てていた。庭の木々にはコガラやシジュウカラの群れがいて、窓から射し込む光に小石を投げたような影を散らしていた。

だけど、と僕は言った。「十代でこの仕事に就いたら、それはそれで長続きしなかったと思うんだ。朝は早いし、なんだかんだで夜も遅い。しかも休みは週一日で、その割に給料だって安い。表の華やかさとは正反対の、地味な毎日だ。全部が嫌になって、逃げ出してた可能性はある」

「飲食業界は常に人材不足でね。特に地方の店は若い子が居つかない」

「身をもって実情を知った気がするよ。でも、そろそろ体は限界かな。最近は腰痛がひどいし、肩だって痛い。そのうち鍼にでも行こうと思うんだ」

「これで元気だったら、そっちのほうが心配だよ」

「自分だって似たようなものだろう？　こんな朝早くから出勤して」

「染みついてるんだ」

「何が？」

「朝から晩まで調理場にいることが」

「君みたいな奴がいるから日本人は仕事の虫だって言われるんだ」

「フランスにも労働意欲のある人間はたくさんいたよ」平岡は右の頬をつりあげた。「料理の仕事は『十パーセントはインスピレーション、九十パーセントは汗』なんて言葉もあるくらいでね」

「それは誰の言葉？」

「アラン・パッサールか、フレディ・ジラルデ」

「君もその影響を受けてるってわけか」

「そんな目で見るなよ」彼は肩をすくめた。「おかげでまともな朝食にありつけたんだから」

＊

出会った直後から平岡とは良好な関係が築けた一方で、小宮山とは意思の疎通を図ることさえ容易ではなかった。何が気に入らなかったのかも分からない。僕が近くを通るだけで、小宮山は憤懣やるかたないといった表情を浮かべ、長い前髪の下から冷ややかな視線を向けてきた。舌打ちされることは日常茶飯事。接客中に困ったことがあっても救いの手を差し伸べてくれることはなく、まるで奇怪な昆虫でも見るような目つきでこちらを眺めていた。最終的にはフォローにまわってくれることもあったものの、それは僕を助けるというより、シェフや平岡の手まえ、業務を怠っていないところを示すためだった。

さらに厄介だったのは、厨房では腰が低く、いかにも弱々しかった小宮山が、僕とふたりきりになったとたん、態度を豹変させることだった。二重人格とまでは言わないが、さっきまでぺこぺことあたまをさげていた男が一瞬にして不遜きわまりない人物に成りかわるさまは、見ていて決して気持ちの良いものではない。

しかも、ありったけの粗暴さをまとった小宮山は、囚人を見張る刑務官さながら絶えずこちらを監視していて、粗探しにも余念がなかった。唐突にトイレ掃除を命じられたこともあれば、客席の通路で、ちげえよ、おっさん、と毒づかれ、使ってもいないグラスを磨きなおすように指図されたこともあった。毎晩のように僕がシェフと一緒にいるのは生意気だと言いがかりをつけてきて——小宮山は実家からバイクで通勤していたうえに、甘ったるいカクテル以外、酒は呑めなかった——洗い物をしていたこちらを挑発するようにシャドーボクシングの真似事を始めたこともある。

「あれ、どうにかしてくれよ」

ある日、僕が不平を洩らすと、平岡はあたまをのけぞらせて笑った。「そんなに大変？」

「あれこれ言われるこっちの身にもなってみろって」

「厨房では怒られてばかりだからさ。せめて〝後輩〟のまえでは格好いいところを見せたいんだろう」

「些細なことにまでケチをつけてきて、鬱陶しいったらないよ」

「そう言うなって」

「そもそも、あいつは調理希望でこの店に入ったわけだろう？」

「ああ」

「だったら普通は感謝するべきなんじゃないか？　僕がサービスを受け持ったおかげで、あいつは厨房に移れたんだから」

「まだまだ見習いって感じだけどね。たまに手を抜くから、安心して仕事を任せられない」

「安心できないのはこっちだよ」

「誰かを攻撃していないと不安になるんだ。いじめられっ子の典型だよ」

　専門学校を卒業後、就職した浜松のレストランで小宮山が人間関係に悩んだ話は聞いていた。上司や先輩から理不尽な扱いを受け、半年足らずで実家に逃げもどってきたのだ。

「でも」平岡は続けた。「あれで少しはましになったんだよ」

「どこが？」

「最近は寝坊しないし、めそめそ泣かなくなった」

「それはご立派なことで」

「まえに遅刻が続いたことがあって、一度はクビを宣告されたんだ。それから二週間、シェフに謝りつづけて、ようやく復帰を許可された。あいつにとって、ここは最後の砦なのさ」

「どういう意味？」

「あれの親父とシェフが昔からの知り合いで、この店でモノにならなかったら実家の仕事をさせる約束をしてるらしい」

「実家って？」

「小宮山建設。土地持ちで、この辺りでは名の知れた会社だよ。あいつは四人兄弟の末っ子で、ゆくゆくは独立して、地元でレストランを開きたいって話だ」

「四人兄弟……」僕はつぶやいた。「ツバメ号でいえば、ロジャになるのか」

「ん？」

「いや、なんでもない」

「いまのうちから仲良くしておいたほうがいいぞ」平岡はにやりとした。「でかい財布を持ってるんだから。朝はいまだに母親に起こしてもらってるらしいけど」

「二十歳にもなって〝お母さん〟頼りか。まったく、手のかかる先輩だよ」

「子どもに勉強を教えてたんだから、お子様の扱いは得意だろ？」

「塾では」僕は口をとがらせた。「あんなに手のかかる子はいなかったよ」

　静岡県内や山梨県の南東部で活動する猟師から、シカやイノシシ、あるいは野禽が届けられるようになった十一月半ば、まかないの当番にあたっていた小宮山が「コック・オー・ヴァン」を作ったことがあった。それ自体は特段めずらしいことではないのだが、その直前の営業でシェフに叱責された小宮山は——床に落ちたものを拾ったのに手を洗わなかったり、盛りつけに必要なハーブを間違えたりした——完全に気持ちが折れてしまっていた。

　見かねた平岡が手を貸したことで、どうにか体裁は整ったものの、昼食の準備は大幅に遅れて、ただでさえ機嫌が悪かったシェフはいっそう苛立ちを募らせた。

「ちんたらしやがって」バックヤードに鍋を運んできた小宮山を見て、シェフは不愉快そうに言った。「この出来損ないが！」

「すみません」目に涙を溜めた小宮山は、消え入るような声を出した。

　全員が作業台を囲んだところで、シェフはいつものように号令をかけた。「じゃあ、お疲れさん。遠慮はするな。残さず食え！」

「はい！」

　時間をかけた割に味がぱっとしなかったこともあって、食事中もシェフの怒りは鎮まらなかった。

　何度、同じことを言わせるんだ、と彼は声を張りあげた。「鍋のサイズを考えろと言ったろうが。関節を残した理由は？　骨から切り離したらバチでもあたるのか？　そもそも、なんでもっとまえから火にかけておかなかった？　それが難しかったらエフィロシェしたっていい。こんな水っぽくなったのは——」

　向かいの席に座っているふたりを見ながら、僕は隣の平岡にそっと話しかけた。「えふぃろしぇ？」

「エフィロシェ」パサつく鶏肉をナイフで切り分けて、平岡は言い直した。「一度、煮た肉なんかをほぐして、煮返すこと。煮物でも、温めなおしたやつのほうが味が染みてるだろ?」

「二日目のカレーみたいに?」

「外れじゃない」

僕たちがそんなやり取りをしているあいだ、小宮山は終始うつむいて、ひっきりなしに洟をすすっていた。彼のようなキャリアの浅い料理人にとって、まかない作りは上司や先輩にみずからの存在をアピールする限られた機会だった。余り物や近所のスーパーマーケットで買った食材を使うとはいえ、それらを素材として考え、一皿にまとめあげるという意味では営業中の調理と変わりがない。いまより仕事の幅を広げるためには、日々の積み重ねを通して、自分を証明してみせるほかないのだ。だからこそ、チャンスをふいにして打ちのめされている〝先輩〟は、見ていて痛々しかった。

シェフの説教が終わると、バックヤードには気まずい空気が漂った。沈黙が続き、ナイフやフォークが皿にあたる音が部屋に響いた。

その重苦しい雰囲気に耐えられなくなって、僕は努めて明るい声を出した。「君だったら、これをどうする?」

「ん?」

僕は横を向いて、平岡と目を合わせた。「この鶏肉の味を良くするためには何を入れたらいいかって訊いてるんだよ」

「そういうことか」平岡は両手の指を突き合わせ、思案に暮れるような仕草をした。「まず塩。それに炒めたベーコンとタマネギ。バターも必要かな」

「他には？」

「ブール・マニエとローリエ。イタリアン・パセリ。オリーブオイルと小麦粉、胡椒もあったほうがいい」

「以上？」

「鶏肉と赤ワイン、シャンピニョンを足してもいいかもしれない」

「それって全部じゃ……」

「お、よく分かったな」

「要するに、いちから作り直せってこと？」

「そうとも言う」

どうやらこの会話が小宮山の反感を買ったらしい。泣きはらした目で食器を洗っていた〝先輩〟が食ってかかってきたのは、午後の休憩に入り、シェフと平岡が外出してからだった。予約台帳を手に二階にあがろうとしたこちらを呼びとめて、ぜってえ許さねえからな、と彼は声を荒げた。

「どうしたんだよ、急に」

「喧嘩を売ってきたのはそっちだろうが！」

「話の流れだよ」僕は肩をすくめた。「悪口を言いたかったわけじゃない」

「うるせえ」泡だらけのスポンジを握りしめたまま、小宮山は怒鳴った。「死ねよ」

「料理の話をしただけで？」

「ヒーキされてるくせに勘違いしやがって」

「贔屓？」

「そうだ、おっさん。ピーマンのみそ汁とか、訳わかんねえもん作ってる奴が知ったかぶってんじゃねえぞ」

「あれは依怙贔屓じゃない」僕は言い返した。「憐れみ、もしくは同情だよ」

本来、店のまかないはフランスの家庭料理か郷土料理、あるいは教則本にあるような洋食と決まっていた。それは、常日頃からフランス料理の視点で食材を見る、というシェフの方針に拠るものだった。ところが僕に関しては、そのルールが適用されていなかった。あまりの手際の悪さに困惑したシェフから、何でもいいから食べられるものを時間内に用意するように、というお達しがあったのだ。シェフの長いキャリアのなかでもこれは異例の措置だったようだが、おかげで僕は自由に献立を決めることを許され、普段、家で食べているようなものを用意して——豚肉の生姜焼きや中華丼などだ——その場をやりくりしていた。

もちろん、口さがない小宮山がそれを見過ごしてくれるはずはなく、これまでにもしつこく嫌味を言われたり、おまえが変なもん食わせるから気持ち悪くなった、と食中毒をほのめかされたりしていた。

「いいから謝れ！」お菓子のラムネのような八重歯をみせて、小宮山は叫んだ。

「待てって。一度、冷静になって考えてみろよ。お互い下っ端であることに変わりはないけど、年齢も立場も違うんだ」

「はあ？」

シェフや平岡だっていまさら僕が本気で料理人を目指すとは思っていないだろうし、こっちもそんな勘違いはしていない、と僕は言った。三十代半ばで転職してきて、どれだけこの業界にいるのかも分からない相手に彼らもあえて厳しいことは言わないだろう。けれども君に関しては、先を見据えて指導をする必要がある。つまり、僕たちは出発点から違うし、最終目的地も同じではない、と。

「あと、この際だから言わせてもらうけど」僕は続けた。「先輩風を吹かしてる余裕があるなら、もっと他のことに気を遣ったほうがいい」

その瞬間、小宮山の顔にぱっと赤みがさした。

「いまだって水は出しっぱなしだし、皿だってちゃんと拭いてない。そうやって雑なことをしてたから、さっきもシェフに叱られたんだろう？　だから小宮山――」

「呼び捨てにすんな！」

「そこ？」呆気にとられて、僕は訊き返した。「少しは大人になれよ。他人の意見が聞けないと、いつまで経ってもまともな料理なんて作れないぞ」

「うるせえ！」水道の蛇口をひねって、彼は目を見開いた。興奮のあまり髪の毛が逆立っているように見えた。「まともな料理ってなんだよ？　おまえ、分かってんのかよ！」

「そう言われると困るけど……」

「ろくに包丁も使えねえ奴が偉そうな顔しやがって。いますぐ土下座しろ、土下座！」

「じゃ、電話は二階で取るから」あえて軽い調子で言って、僕はバックヤードをあとにした。「外に出るときは鍵閉めを忘れずに」

ゆったりとした足取りで通路を抜け、階段にさしかかったところで歩調を速めた。内心、後ろから殴りかかられるのではないかとひやひやしていた。無事に事務室に入った直後、階下で甲高い声が響いた。

「謝れ！」

僕はドアに鍵をかけて、目のまえのソファに倒れ込んだ。

その晩、シェフは早急に片付けなければならない事務仕事があるということで、僕はめずらしく店では夕食をとらず、まっすぐアパートに帰った。腹は減っていたが、冷蔵庫にろくなものは入っていなかった。しなびたピーマン、のど飴、醤油、みそ……。

電子レンジでレトルトのごはんを温め、鍋を火にかけて湯を沸かした。ここに鰹節と適当な大きさに切ったピーマン、乾燥ワカメを入れ、ひと煮立ちしたところでみそを投入した。

ピーマンの、それも種まで使ったみそ汁――小宮山に馬鹿にされたこの料理を教えてくれたのは、いまは岐阜にいるはずの別れた妻だった。

彼女は時折、発作に襲われたように台所に立ったが、レパートリーのひとつが、このピーマンを使ったみそ汁だった。それを口にするまで、僕はピーマンが汁物の具材になることを知らなかった。種を取り忘れていることを指摘すると、彼女は憤慨して、農業を営んでいる茨城の祖母から教わった作り方なのだと言い張った。以来、僕はこの青くさい味と不思議な食感の虜となり、自分でも度々作るようになった。

オセロ盤ほどの広さしかないキッチンからベッドに移動して、僕は鍋に口をつけ、直接みそ汁を飲んだ。お椀を出したり、あとで洗ったりするのが面倒だったのだ。おかげで舌とくちびるをやけどしてしまった。おまけにシェフから借りた『ポケット・ワイン・ブック』に染みをつけた。あわててタオルでページを押さえて、僕はため息を吐いた。

部屋にテレビはなく、いまは音楽を聴く気にもなれなかった。パックに残ったごはんを食べ、鍋の底を箸ですくっているうちに、時計の針はいつのまにか午前零時をまわっていた。

「だから言ったでしょう?」

最初は半信半疑だった僕が、ピーマン入りのみそ汁を気に入ったと言ったとき、妻はそれを見越していたかのように深々とうなずいた。

だから言ったでしょう?

ひさしぶりに彼女のことを思い出したせいか、シャワーを浴びている最中も、ベッドに入ってからも、聞き慣れたその一言があたまの奥でまわりつづけた。

*

十月下旬から徐々に増えはじめた予約の問い合わせは、十二月に入ってピークを迎え、勢いそのままにクリスマスシーズンに突入した。

夜の営業では着飾った男女がテーブルを埋め尽くし、通路や洗面所は——料理の香りが台なしだとシェフは顔をしかめていたけれど——甘いオーデコロンの匂いでいっぱいになった。高額なワインや食後酒にも注文が入り、長居をする人も多かった。クリスマスの特別コースということで、普段より皿数が多いうえに料理は手間のかかるものばかりで、不慣れなこちらはいつも以上にどたばたとフロアを動きまわることとなった。しかも連日、深夜まで片付けに追われて、あまりの忙しさに鼻血が出るほどだった。

嵐のような一週間が過ぎると、いったん客足は落ち着いたものの、年末年始、〈ジョル〉は休まず営業していたので、大晦日から三が日にかけて、店にはシェフの友人や知り合い、近隣の保養所で年の瀬を過ごした人たちが代わるがわる顔を出した。そのなかには、箱根駅伝を見るため、仙石原のホテルに泊まっているという家族もいて、彼らにとって年明けにこのレストランを訪れることは一家の恒例行事となっているようだった。

僕に関して言えば、へとへとになりながらも繁忙期を乗り越えたことで、〈ジョル〉の一員として多少は認知されたのではないかと思う。常連の方々には徐々に顔を覚えられ、食事の合間に雑談をさせてもらったり、差し入れや旅先のお土産をもらったりするようになった。

地元では、ハレの日の場として知られる店の従業員という肩書きには想像以上の効力があり、食事に来てくれた人たちだけでなく、付き合いのある生産者や出入りの業者——酒屋、クリーニング店の夫婦、運送会社の担当者、造園業者、タクシーの運転手、ワインのインポーター、会計士、タウン誌の編集者などからも、街中で声をかけられる機会が増えた。

そうやって知り合った誰とでも親しい関係を築ければ理想的であるのだが、そこは人間同士、相性のようなものもあり、ちょっとした行き違いが生じることや、会話が嚙み合わないこともときにはあった。

たとえば、顧客のひとりから、僕は度々お叱りを受けた。ひそかに〝大統領〟と呼んでいたその老人は――落ち窪んだ目と白髪混じりの髭が、世界史の教科書に載っているエイブラハム・リンカーンにそっくりだった――こちらの不手際や失敗をとことん追及せずにはいられない性格で、調理法を正確に伝えられなかったために説教されたこともあれば、グラスが空になっていることを咎められ、この仕事は向いていないんじゃないか、と断罪されたこともあった。

結果、僕は大統領に対して苦手意識を抱くようになり、そのせいでさらに反感を買うという悪循環に陥った。一時は予約台帳に彼の名前があるだけで気が沈み、客席に出ることが憂鬱に感じられるほどだった。

事態を打開するために僕が思いついたのは、専用のノートを作ることだった。大統領が予約を入れている日には、朝の打ち合わせで確認した情報をそこに書き留め、あらかじめ客席で言うべきことを整理するようにしたのだ。

具体例を挙げれば、それは次のようになる。

「カゴカキダイのマリネ」→沼津で水揚げ、見た目は熱帯魚、しこしこした食感、ジュレにはディル、セルフイユ、マジョラム。

「みくりや軍鶏の黒米詰め」→シャモ（ばあちゃん）、黒米（勝俣さん）、レバーをモモ肉で包む、ソースはゴボウ、付け合わせには……。

あるとき、パントリーでノートを見返していた僕を見て、平岡はげんなりした声を出した。「あのなあ、受験勉強をしてるわけじゃないんだぞ」

「手ぶらであの人のまえに立ったら何を言われるか分からないからね。事前の準備は必要なんだ」

「山田さん？」デシャップから顔を出して、平岡は客席に視線を向けた。「確かにやっかいな人ではあるけど」

「そんな生易しいもんじゃないよ」これまでに浴びせられた数々の暴言を思い出して、僕はくちびるを突き出した。「虫けら扱いされて、何回、泣かされそうになったことか」

「気にしすぎるからうまくいかないんだ」

「こっちが気にしなくても、向こうが放っておいてくれないんだよ」

「レストランにも風紀委員は必要でね」彼は言った。「定期的に店に来て、校則違反を取り締まってもらってるんだ」

「勘弁してほしいよ」

「だけど、このご時世、あれだけはっきりモノを言う人はいないだろ？　旨いか、不味いか。好きか、嫌いか。料理としての完成度はどうか。テーブルにつくなりスマホにかかりきりになって、ろくに口も利かない連中より、よっぽど健全だと思うけどね」

「だったら代わりに行ってくれる？」

「自分の役割をまっとうしろよ」いったん奥に引っ込んで、平岡は急き立てるように手を振った。

「五番、デセールいけるぞ」

アイスクリームとスフレが盛りつけられたガラスの器を持って、僕は客席に出ていった。冬の柔らかな明かりが屋内を照らし出し、テーブルクロスや壁紙の白を際立たせている。僕は老人の横にまわり込み、お待たせしました、と声をかけた。「ユズのアイスクリームとスフレになります」

大統領は顔をあげた。とげとげしい目つきだった。先ほどの陰口を聞かれたのかと思い、僕は肝を冷やした。

「ずいぶん時間がかかったじゃないか」

「大変失礼しました」

「それで？」着古したツイードのジャケットにベスト姿の〝奴隷解放の父〟は、仏頂面で言った。「これは何が入ってる？」

戦果を報告する兵士さながら、僕は直立不動で説明を始めた。「スフレに使っている小麦粉は静岡県産。隠し味に塩と胡椒、それに黒糖焼酎が入っています。アイスクリームのタマゴは滝ヶ原の養鶏場から。牛乳は愛鷹山の酪農家の方から譲ってもらったものです」

「ユズは誰が？」

「小山町の農家さん……だったと思います」

「思います？　急に自信がなくなったのか？」

「いえ」僕は言い直した。「小山町の藤曲さんが作ったものです」

「絶対に？」

どこに地雷が仕掛けてあるか分からなかったので、僕はそれ以上の発言は控えた。

大統領はふんと鼻を鳴らした。首からさげた老眼鏡が揺れていた。本物の政治家にも勝るとも劣らない、尊大な態度だった。

会釈をして、その場をあとにしようとしたとき、外まで見送りに出ていたシェフが近くを通りかかった。

「いつもありがとうございます」シェフは老人に挨拶した。「量は大丈夫でしたか？」

「今日くらいがちょうどいいよ」

「エビはどうでした？」

シェフが尋ねたのは、数日まえからコースに加わった新しい料理の感想だった。グリンピースのフリカッセに生のヒゲナガエビとヒュウガナツを合わせた前菜で、ソースはエビの出汁とサワークリームから作り、タイムの花が添えられていた。

「エビのぷりっとしてるところは嫌いじゃないよ。クリームと合ってね」

「ありがとうございます」

「だけど、あの花は余計だと思うね。ごちゃごちゃして」

シェフは苦笑いを浮かべた。「やっぱり山田さんは厳しいなあ」

大統領の〝教育的指導〟は誰に対しても公平に行われた。以前は厨房に押しかけ、歯に衣着せぬ調子で不満を訴えたこともあったそうだ。もっとも、そんなふうに文句を言うことがあっても、老人は素知らぬ顔で次回の予約を入れてきた。駅まえの食堂やチェーン店のレストランと比べれば、ここでの代金は決して安いものではない。地方の、いや、首都圏の水準からいっても高額な部類に入るだろう。それでも大統領は頻繁に店を訪れ、擦り切れた革の財布を出して——その姿はディケンズの小説に登場する吝嗇家を思わせたが、実は日本を代表するプラモデルメーカーの元会長だという噂もあった——支払いをしてくれた。そういう意味では、彼以上にこの店を好んでくれている人はいないのかもしれなかった。

パントリーに戻り、厨房の平岡にレモンバームのハーブティーを頼んでから、僕は足早にテーブルに引き返した。談笑するふたりのわきに立ち、失礼します、と言って、空いた器に手をかけた。そのまま振り返ろうとした瞬間、フォークとスプーンがガラスの表面を滑り、宙を舞った。

「申し訳ありません！」

間一髪、カトラリーに手を添えた僕を見て、シェフと大統領は会話を中断した。揃ってこちらをにらんだふたりの眉間には、深く、長い皺が刻まれていた。

*

休みの日に遠出をする余裕が生まれると——入店後一、二カ月は疲れすぎて、近所を出歩く気にもなれなかった——僕は電車を乗り継いで東京まで行き、料理専門誌に掲載されているようなレストランで食事をするようになった。

月々の収入を考えれば、これは分不相応な振る舞いと言えるものだった。もともと乏しかった貯金はさらに減り、月末の給料日を迎えても、回復の兆しは見込めなかった。だが、たとえ通帳の残高が壊滅的な状況に陥ったとしても、僕は納得がいくまで食べ歩きを続けるつもりだった。

それというのも、今後どれだけこの仕事を続けるか決めかねていたとはいえ、小宮山に馬鹿にされ、大統領にミスを咎められて、自称〝食通〟の客からも嘲られる、目下の状況からどうにかして抜け出したかったからだ。ここで逃げ出してしまったら――シェフが言うように――いよいよ〝負け犬〟になってしまう。そうならないためには身銭を切ってレストランを利用し、間近で手本を見ることが最善の策である気がした。逆に言えば、それ以外に短期間で経験を積む手立てが思い浮かばなかったのだ。

また、毎晩のようにシェフと話し込み、日々の営業で出しているものを味見するなかで、〝現在の日本のフランス料理〟に興味が湧いたという事情もある。現状、僕が把握しているのは、〈ジョル〉の一部のメニューだけだった。自分のなかで比較の対象が増え、他店との違いを理解できれば、おのずと接客の質も向上するのではないかと期待していた。

休日ごとに僕が都内のレストランをまわっていることを知ると、シェフや平岡は数ある候補のなかからお薦めの店を教えてくれた。

ふたりに推薦された店を巡るなかで、しだいに分かってきたのは、料理人の世界でも系統樹のようなものが存在するということだった。それは、誰に師事し、どこで働いていたかによって分岐していた。同じ枝に連なる店々は、料理やコースの組み方、あるいは店内の雰囲気にどこか共通するところがあった。

とりわけその繋がりを意識したのは、シェフの知り合いや弟子が経営するレストランに足を運んでからだった。青山、三田、広尾、銀座、麻布……。〈ジョル〉の従業員であるおかげで、僕は行った先々で優遇され、料理をおまけしてもらったり、食後に話を聞かせてもらったりした。

シェフと同世代の料理人は、骨太で、いかにも頑丈そうな体格の人が多かった。あるいは、それだけの体力がなければ、数十年にも及ぶ過酷な肉体労働に耐えられないということなのだろう。自分を棚にあげて業界批判を繰り返した岩田シェフに対して、いまでも不信感を抱く人がいる一方で、共に過ごしたという修業時代の思い出を語ってくれる人もいた。

それより下の世代は、シェフを慕いながらも、いまだに畏れをなしている様子だった。東京時代のシェフはいまより激しやすく、従業員に対する要求も高かったらしい。以前、平岡が言っていたように、殴られたり、蹴られたり、壁に叩きつけられたりしたという話題には事欠かなかった。いろいろな現場に入ったけれど、あれほど怒られたことはない、と。まともに会話ができるようになったのは独立してからで――ああ見えてシェフは筆まめであるらしく、折に触れて手紙が届くそうだ――いまだに顔を見ると緊張するという人も多かった。

シェフに関する意外な質問をされたのは、四谷の老舗レストランを訪れたときだった。メインの調理を終え、リラックスした店主は、ふらっと僕のテーブルまでやってきてシェフの近況を訊いてきた。いかにも気さくな人で、数分間、陽気にしゃべったあと、あれで〝イワさん〟はもてるからね、と冗談めかして言った。「あの綺麗なお客さんとはうまくいってる？」

一瞬、誰のことを指しているのか分からず、こちらが首をかしげると、四谷のシェフは、しまった、という表情を浮かべて、すぐに話題を切りあげた。

　後日、そのやり取りについて平岡に尋ねると、ロッカーで着替えをしていた彼は、橘さんのことだろ、と事もなげに言ってのけた。夜の営業に向けてそろそろ準備を始めようかという時間帯で、休憩中に外出したシェフと小宮山はまだ戻っていなかった。

「橘さんって……。嘘でしょ？」

「あれ、知らなかった？」

「〈ラ・プリュム〉時代からのお客さんだとは聞いてたけど……」

　名前の挙がった橘さんとは、月に一、二度、高齢の母親とともに来店する、四十代後半の女性だった。都内在住で、市内のホテルを定宿としており、退店時には決まって運転代行を利用する。接客中、積極的に話しかけられることこそなかったものの、時折、目の覚めるような笑みを向けてくれることもあって、僕は彼女に会えることをひそかに楽しみにしていた。

「そんな顔するなって」

「この店に入って、いちばんショックかもしれない」

「意外と守備範囲が広いんだな」

「あれだけの美人、嫌いな男なんていないだろ」僕は反論した。「十くらいの歳の差なんて関係ないよ」

「なんだ、親御さんのほうかと思った」

ふくれっ面をしたこちらを見て、平岡はにやりとした。「冗談だよ。だけど、お勧めはしないな」

「分かってるって。自分とお客のあいだには見えない糸が張ってあると思え、だろ？」

「それもあるけど、あんまり馴れ馴れしくしてるとシェフに引っぱたかれるぞ」

「ふたりはどんな関係？」

「さあ」

「そこまで言ったんだから教えろよ」

「無理だ」平岡は首を振った。「あとは直接シェフに訊いてくれ」


すぐにでも橘さんとの関係を確かめたかったが、その週、シェフはいつになく機嫌が悪かった。海が荒れ、不漁が続いていた。雪の影響で東名高速道路は一時通行止めとなり、予約のキャンセルが相次いだ。

来店客が一組だけだったある晩、シェフは厨房から客席を見まわして、たまにはのんびりするのもいいだろう、と冗談めかしてつぶやいた。ただ、その目は一ミリも笑っていなかった。口調が穏やかであることがいっそう不気味に感じられた。そばにいる僕たちは、無言のままうなずくことしかできなかった。

一緒に酒を呑んでいても、だから、下手な質問はためらわれた。そもそも会話が弾まなかったから、お開きとなる時間も早かった。一度、店宛てに届いた年賀状の整理をするなかで、それとなく橘さんの名前を出してみたのだが、シェフはじろりとこちらを見ただけで、それ以上の反応は示さなかった。

週の半ばに天候が回復すると、それまでの沈黙が嘘のように予約の問い合わせがあった。一度は空席となったテーブルがじわじわと埋まり出し、そのなかには橘さんの名前も含まれていた。真相を突きとめるのは、ふたりのやり取りを見てからでもいいだろう。そう考えて、僕は親子の来店を待つことにした。

予約当日、橘さんが運転するＢＭＷが駐車場に入ってきたのは、予定時刻を三十分ほど過ぎてからだった。母親の手を引いて店内に入ってきた彼女は疲れ切っていて、挨拶する声にも張りがなかった。亡父から引き継いだ輸入代理店の仕事で問題が起きたうえ、高速で渋滞に巻き込まれてしまったという。

親子を窓際のテーブルに案内してから、僕は最後の予約客が来店したことを厨房に伝えた。だが、こちらの報告を聞いても、シェフは眉ひとつ動かさなかった。巨大な背中を丸めて、あぶり焼きにしたミズカマスにダイコンのピュレを添えている。皿を見つめる表情は真剣そのもので、素揚げしたゴボウやオキサリスを盛りつける手つきは茶道の所作を思わせた。

「何をぼやっとしてる？」こちらの視線に気づいて、彼は怒鳴った。「ぶん殴って、目を覚ましてやろうか！」

「すみません」僕はパントリーでフルート型のグラスを用意して、逃げるように客席に出ていった。

この夜、橘さんは濃紺のワンピースを着ていた。色白で、髪の長い彼女は、深みのある青がよく似合った。いつものように化粧は控えめで、腕時計のほかにアクセサリーは何もつけていない。彫りが深く、目鼻立ちが整っていることもあって、ぼんやりとテーブルを見つめる橘さんは、苛立っているようにも、周囲に壁を作っているようにも見えた。

どことなく硬かった雰囲気が和らいだのは、二杯目のワインに口をつけたころだっただろうか。ほのかに頬が赤らんで、母親に話しかけたり、相槌を打ったりするときの動作が大きくなった。振り撒くような笑みを浮かべることもあり、先ほどまでの醒めた表情との落差が、物静かな印象の彼女をいっそう魅力的に見せていた。

こんな美しい女性があのシェフと……？　窓際のテーブルに何度となく目をやりながら、僕はくすぶる疑問を胸のなかで繰り返した。

ともあれ、接客の仕事において、集中力の欠如が致命傷となることは言うまでもない。橘さんに気を取られていたおかげで、この晩、僕はいつも以上にミスが多かった。カトラリーの順番を間違え、ミネラルウォーターが入っていたグラスに普通の水を注いでしまった。ある席の会計に手間取ったばかりか、預かっていたコートを取り違え、シェフにまでお詫びをさせる始末だった。

同時に、橘さんのテーブルでも予想外の事態が発生した。突然、母親が眠ってしまったのだ。橘さんが声をかけると、一度は目を覚ますものの、すぐに居眠りを始めてしまう。これ以上の食事は無理だと思われた。せめて橘さんだけでもコースを進めるべきだろう。ところが、こちらが器に手を伸ばすと、真っ黒なカーディガンに身を包んだ老婦人は顔をあげ、口もとに皺を寄せた。「あら、まだ食べてるじゃないの」

「失礼しました」

「お母さんが寝てるのが悪いのよ」

「わたしが？」自分を咎めた娘を見て、母親はいかにも不本意だという表情を浮かべた。「何を言ってるのよ。起きてますよ、わたしは」

会釈をして、僕はテーブルを離れた。

「おい、五番は？」パントリーに戻った僕に向かって、シェフは早口に確認した。フランスレンジにかけてあったフライパンがサラマンダーに移され、脂の弾ける音が聞こえなくなっていた。

「まだです」

「どうした？」

「それが寝てしまって」

各テーブルの進行状況を、随時報告するのもサービスの重要な役目だった。ナイフとフォークが揃えて置かれる五分まえを予測して、シェフに声をかけなければならない。飲酒の有無や人数によって食事のペースは異なるので、なかなか思い通りにはいかないのだが、厨房ではこちらの掛け声を合図に次の皿の仕上げに入り、適度な間隔で料理を出せるように調整していたため、決して疎かにはできない作業のひとつだった。

「さっきはそんなこと言ってなかっただろうが！」

「急だったんです」

「言い訳はいい！」

「すみません」

「ああ、くそ」彼は怒鳴り声をあげ、トーションを壁に投げつけた。「おまえを嚙み殺してやりたいよ！」

　このとき、シェフが悔やんでいたのはシカのランプ肉に熱を加え過ぎたことだった。一度、火を入れてしまえば、もう後戻りはできない。いまはラックに移して肉を休ませているとはいえ、時間とともに水分は失われ、風味が損なわれるばかりだ。

　張りつめた厨房の空気に気圧されて、僕は通路の端に立ち尽くした。

　逆説的かもしれないが、料理人としてのシェフの資質を理解するのは、こんなふうに彼の逆鱗に触れたときだった。シェフは、勘や経験を重視するタイプで――事実、店にはスチームコンベクションオーブンもなければ、芯温計もなかった――どんな調理でも器具任せにはせず、人の手で行うよう心がけていた。そして、来店してくれた人たちに食材の最良の瞬間を味わってもらいたいからこそ、自分の能力を出し惜しみせず、厨房内で行われる作業に細心の注意を払って、万が一、僕たちの不手際によってそれが思い通りにいかなかったときには、あらん限りの怒りを爆発させた。

　その後も老婦人は度々眠りに落ちた。二度ほどフォークを落とした。スカートのドレープに沿ってミネラルウォーターが流れた。ともあれ、どうにかデザートまでたどり着いて、寝ぼけまなこでレモングラスのハーブティーに口をつけた。

　会計をすませたあと、シェフは釣り銭と領収書を持ってテーブルに向かった。閉店時間はとうに過ぎていて、店に残っているのは橘さん親子だけだった。

　僕はパントリーの隅に立ち、遠目にふたりの様子を窺った。どちらも笑顔だったが、ふたりのあいだには微妙な距離があるように見えた。

「のぞき見するなんて趣味が悪いな」

奥から声をかけられて、僕はあわてて振り返った。デシャップに立った平岡は、犯行現場を押さえたとでもいうようにひとさし指をこちらに向けてみせた。

「そういうわけじゃないよ」僕は近くにあったグラスを取って、磨いているふりをした。

「どうだか」茶化すように言った直後、平岡はふと真顔になった。「芹沢……」

「ん？」

「呼んでるぞ」

「誰が？」

「シェフが」

客席に出ていくと、運転代行を呼ぶように命じられた。パントリーに引き返して、すぐに馴染みの代行会社に連絡を入れたが、生憎、すべての車輌が出払っていて、市内にあるもうひとつの業者も到着までしばらく時間がかかるとのことだった。

「タクシーを呼びましょうか？」テーブルに戻って、僕は代案を口にした。「車は明日、取りに来ていただくことにして」

「そうだな」シェフはうなずいた。

物憂げな視線を中庭に投げかけてから、私はいいんですが、と橘さんは言った。

「何か不都合でも？」僕は尋ねた。

「母が……。タクシーの臭いが駄目なんです。代行をお願いしたときも、いつも私の車に乗せるようにしていて」

「寝てるから大丈夫なんじゃないか」寝息を立てている老婦人を見て、シェフはぎこちなく言った。

「無理だったら、ここで待ってもいいが……」

すると橘さんはシェフを一瞥して、茶色の瞳をこちらに向けた。

だしぬけに見つめられて、僕は思わず姿勢を正した。寝ぐせや髭の剃り残しがないか気になった。

免許の有無を訊かれ、あります、と答えると、市内のホテルまでの運転をお願いされた。

もちろん、これにはシェフが猛反対した。それなら自分が送っていこうと申し出た。

ところが、橘さんはそれを突っぱねて、岩田さんはお忙しいでしょうから、と冷ややかに言い放った。私は芹沢さんにお願いしているんです、と。

その一言をきっかけに会話は途絶え、それからしばらくのあいだ、僕は奥歯を噛みしめたシェフと無表情の橘さんを交互に見つめることになった。

結局、最後はシェフが折れた。橘さんの希望を受け入れ、僕が運転手を務めることを許可したのだ。駅の北側にあるホテルに親子を送り届けたら、タクシーで直帰していいという。その代金は橘さんが支払うことで話はまとまった。

並んで通路を引き返しながら、僕はシェフに尋ねた。「橘さん、どうしちゃったんですかね？」

「かなり酔ってるな」

「そうは見えませんけど」

「おふくろさんが寝たおかげで、普段より飲んだんだ」不意に彼は僕の腕を摑んで、低い声を出した。

「運転は大丈夫なんだろうな？」

「左ハンドルの車には乗ったことがありませんね」

「どうしてさっき言わなかった？」

「いま思い出しました」

「最後に運転したのは？」

「七年か、八年まえ」

「東京で？」

「いえ、車は持っていなかったので」

「じゃあ、どこで？」

「レンタカーで宮古島を一周」

こちらの返事を聞いて、シェフは踵を返した。「やっぱり無理だって言ってくる」

だが、そうはならなかった。あわただしく服を着替えて、僕は客席に出ていった。

*

複雑な表情のシェフに見送られて、店から〈マウント・ロイヤル・ホテル〉に移動するまでのあいだ、車内での会話は皆無に等しかった。何しろ、こちらは数年ぶりの運転で肩に力が入っていたし、あのやり取りのあとで事故でも起こそうものなら、いよいよシェフに嚙み殺されるのではないかと気が気でなかったからだ。

そんな僕の緊張が伝わったのか、助手席に坐った橘さんも――路肩に雪が残っていることを教えたり、道を曲がる際に後方を確認したりする以外――余計な口出しは控えてくれているようだった。

ホテルの駐車場に車を停め、老婦人を上階の部屋まで連れていったあとで、僕はひとりロビーに戻って、隅のソファに腰をおろした。ほんの数キロしか走っていないのに、途方もない距離を運転したような気分だった。口のなかが渇き、脇の下にじっとり汗を搔いていた。

ひと息ついたところで店に電話をかけると、呼び出しと同時にシェフが出た。もっとも、こちらの報告を受けて、分かったという返事があっただけで、通話はすぐに途切れてしまった。労いの言葉もなければ、気をつけて帰れ、という一言もなかった。

まもなく姿を見せた橘さんは、スマートフォンを持っていた僕を見て、遠慮がちに訊いてきた。

「店に連絡を?」

「はい」

「シェフは怒ってました?」

「いつも通りですね」

「無愛想で、言葉足らず?」

「よくご存知で」

時刻は午後十一時を過ぎていて、ガラス張りの館内はしんと静まり返っていた。奥の喫茶室はすでに閉店し、先ほどまでフロントに出ていた支配人も裏に引っ込んでしまったようだった。

橘さんは僕の隣に腰をおろして、膝においたハンドバッグから懐紙に包んだタクシー代を取り出した。その金額が予想以上に大きかったことから、こちらがそれを固辞すると、彼女は申し訳なさそうに首を振って、芹沢さんにはご迷惑をおかけしたし、嘘までついてしまったので、と言った。

「どういうことでしょうか？」

「ごめんなさい」橘さんは目を伏せた。「母がタクシーに乗れないというのは、やっぱり大袈裟でした。でも、さっきはどうしても腹が立って」

「シェフに、ですか？」

「そう。あんなに大きな体をしてるくせに手術は受けたくないなんて」

「手術？」

「まだ聞いてません？」

その後、橘さんが語ったところによれば、シェフは去年の夏に胆石の検査を受けた際、腹の大動脈に五センチほどの瘤が見つかったという。専門の病院を紹介され、店の休業期間中に――例年、〈ジョル〉は一月末から二月にかけて、約三週間の休みを取っていた――カテーテルを入れる予定だったのだが、自覚症状がないシェフは処置を先延ばしすることにして、フランス旅行の計画を立てていた。橘さんが僕たちを困らせるようなことをしたのは、そんなシェフの身勝手な行動を知って、我慢がならなくなったからだという。

「シェフとは」僕は尋ねた。「長いお付き合いなんですか？」

「初めてお店に伺ったのは、二十年以上まえになると思います。最初は父が仕事の関係で岩田さんの店を知って、それから母やわたしも一緒に行くようになりました」

「〈ラ・プリュム〉時代ですね」

「ええ。けれども父が亡くなって、ちょうど同じ時期に青山のお店も閉店してしまいました。一時期、母はかなり落ち込んでいたのですが、岩田さんが御殿場でレストランを再開されたと知って、またお邪魔するようになりました。彼の料理を食べると、母は父のことを思い出すみたいで……。決して仲の良い夫婦ではなかったし、お店でもしょっちゅう喧嘩をしていたのに」

「でも、東京の店と〈ジョル〉では、シェフの料理も違っているのでは？」

「味のバランス、と言ったらいいんでしょうか。ソースの感じとか、酸味をアクセントにしているところは、あまり変わっていないと思います。口に入れた瞬間、岩田さんが作ったものだと分かるものが多いので。それに昔から変わらないメニューもありますよね？　あの、いろいろな野菜のサラダみたいに」

　橘さんが例として挙げたのは、僕たち従業員のあいだでは〝畑〟と呼ばれている料理だった。その時期に収穫された二十種類近くの野菜やハーブを、それぞれ切ったり、ちぎったり、焼いたり、茹でたり、蒸したりして、最後にラヴィゴットソースを添えたもので、シェフの言葉を借りれば、〝見た目が地味な割に手間のかかる〟一皿だった。

「以前、父からスタイルと本質を混同してはいけないと言われたことがあって……。最近はレストランも増えて、自己主張が強かったり、奇をてらったりした料理を出すところもありますけど、そもそも美味しくなかったらまた行こうという気にはなりませんよね。岩田さんの場合はそこが徹底しているから、お店のやり方が変わっても違和感がないのかもしれません」

「それは分かるんですけど」失礼を承知で、僕は質問を重ねた。「よりによって、どうしてあのシェフと？」

橘さんは照れたように微笑んで、いけませんか、と訊き返してきた。そして、交際のきっかけは四年まえにシェフに相談に乗ってもらったことだと教えてくれた。より具体的に言えば、当時、橘さんは歯科医の夫と離婚し、長い調停の末に高校生になった息子の親権を失ったばかりだった。食後の挨拶でそれを知ったシェフは、大胆にも老婦人のまえで個人的な連絡先を手渡して、打ちひしがれていた彼女を励ましたという。

「たぶん」橘さんは続けた。「彼も子どもと離れて暮らした経験があるから、落ち込んでいた私を見て、放っておけなかったのだと思います」

「待ってください」僕はあわてて口を挟んだ。「シェフには子どもがいるんですか？」

「娘さんがポルトガルに」

「ポル……？」

口ごもったこちらを見て、橘さんは目尻に皺を寄せた。「知りませんでした？」

「結婚していることも知らなかったです。〈まゆみ〉でも、誰もそんなことは言ってなかったので」

「それって駅まえにあるお店ですよね」彼女は詮索するように僕の顔をのぞき込んだ。「結婚は、していないと思いますけど」

「それは、どういう……？」

「これ以上、余計なことは言わないほうがいいのかもしれませんね。仕事に支障が出てもいけないので」橘さんは頬を緩め、ためらいがちに笑みを浮かべた。「でも、仕事のあともいつも一緒にいるみたいだし、少しまえに芹沢さんも離婚されたと聞いたから、ご存知なのかと思ってました」

「むしろ、知らないことだらけですね」

「まえに岩田さんが言っていたんです。初めて芹沢さんに会ったとき、昔の自分を見ているみたいで放っておけなかったって」

「昔の自分？」祖母の家でシェフに引き合わされたときのことを思い出して、僕はまばたきを繰り返した。「あんなに熱心に誘ってきたのは、だから……」

「あとは年齢的なこともあったみたいです。若い人が立て続けに辞めたあとだったから、三十代で社会経験もあるなら、そんな勝手なことはしないだろうって。でも、岩田さんは見る目があったと思います」

「そうでしょうか？」

「ご自分ではレストランの仕事に適性があると感じません？」

「叱られてばかりいるので、あんまり考えたことがなかったですね。晩酌の相手としてはそれなりに役立っているかもしれませんが」

「そこは控えめにしてください」橘さんはいたずらっぽく笑った。「でも、芹沢さんが来てから、岩田さんは明るくなりました。本人は意識していないかもしれませんけれど、かなり助けられているんだと思います」

「それ、シェフに聞かせたい言葉ですね」僕は肩をすくめた。「馬鹿言うなって怒鳴られそうですけど」

別れ際まで橘さんはタクシー代を気にかけていたが、僕はその申し出を断って、徒歩で帰宅することにした。

外は身を切るような寒さで、吹き寄せる風も強かった。通りのあちこちでパブやクラブのネオンの明かりが灯っていて、どこかの店ではだみ声の男が『時の過ぎゆくままに』を熱唱していた。

寂れた繁華街を抜け、人気のない舗道を歩きながら、僕はシェフの娘がいるというポルトガルに思いをめぐらせた。けれども、あたまに浮かんでくるのは宣教師ザビエルの肖像画と、クリスティアーノ・ロナウドの勝ち誇った表情ばかりで、それ以上のものは何も出てこなかった。

*

翌朝、倉庫の奥にある貯蔵室で、僕は昨夜の顛末を平岡に話した。在庫の確認をしていた彼もまた、シェフが手術を迫られていることは知らなかったらしく、作業の手をとめて、こちらを振り返った。

「入院を延期するくらいだから」僕は言った。「一刻の猶予もないってわけでもないらしいけど」

「そのあとは？」

「あとって？」

「橘さんとは何もなかったのか？」

「当然だろ」僕は即答した。「それこそシェフに殺されるよ」

平岡の仕事が終わるのを待って、僕たちは揃って倉庫を出た。庭のサルスベリでヒヨドリが鳴いていた。一月も半ばを過ぎ、冬枯れの景色で鮮やかな色を保っているのは、ナンテンの実とヤブツバキの花だけだった。

「でも、誰かさんを見て昔を思い出したってことは、シェフにもぼろ雑巾みたいな時期があったってことだろ？」バックヤードに向かいながら、平岡は真っ白な息を吐いた。「あの人の弱ったところなんて、あんまり想像できないな」

「確かに」一瞬、考えて、僕は隣に顔を向けた。「それってどういう意味？」

「本人に自覚はないか。初めてここに食事に来たときの憐れな姿といったら……」

「そんなにひどかった？」

「ひどいなんてもんじゃない」

「自分では吹っ切れたつもりでいたんだけど……」

「ある意味、糸は切れてるって感じだったよ」

僕たちは建物のなかに入って、石油ストーブのまえで熱いコーヒーを飲んだ。凍えた指先が温まってきたころ、まるっきり心当たりがないわけでもないんだ、と平岡がつぶやいた。

「心当たり？」

「シェフの娘のことさ」

平岡によれば、事務室の奥にあるコルクボードに、それらしき女の子の写真があるという。シェフの机の横に飾られているそのボードは、彼の交友関係を一覧表にしたようなもので、国内外から送られてきた手紙やはがき、写真、友人が出ている現地の新聞の切り抜きなどが、隙間なくピンで留めてあった。

「それが娘？」

「たぶん」

「奥さんは？」

「さあ。でも、結婚はしてないんだろ？」

顔を見合わせると同時に、僕たちはバックヤードを飛び出して、競い合うように階段を駈けあがった。

事務机のわきの大きなボードには、確かに日本人とも外国人とも区別のつかない、赤ん坊のモノクロ写真が貼ってあった。その下には少し大きくなった彼女と母親とおぼしき女性を撮ったもの、さらにアーモンドの花の絵はがきと名刺サイズのショップカードが並んでいる。

「言われてみれば、確かにシェフに似てる気がする」カードに印刷された神殿のようなマークと〈Restaurante Três Nações〉という店名、所在地を見ながら、僕は言った。「で、これがポルトガルの住所？」

「どうだろうな」平岡は首をひねった。「とりあえず写真に撮っとけよ」

始業時刻にはまだ余裕があったものの、仕入れに出ているシェフがいつ戻ってきてもおかしくない時間だった。僕はポケットからスマートフォンを取り出して、女の子の写真やショップカードを順番に撮影していった。それ以外のものにも目を向けようとしたとき、階下でドアの開く音がして、僕たちはあわてて事務室をあとにした。

「どうした、その顔?」

先にバックヤードに入った平岡が驚いた声を出したので、僕はその肩越しに室内に目をやった。

戸口に立っていた小宮山は、左耳から顎にかけて分厚いガーゼを貼っていて、折り曲げた右手は三角巾で吊っていた。

「昨日の帰りにバイクがスリップして」小宮山は絞り出すように言った。「ガードレールに突っ込んじゃいました」

「大丈夫なのか?」

「肋骨も折れてるみたいなんですけど、あと少しで冬休みなんで」

片足を引きずりながらロッカーに向かった小宮山を見て、僕はしみじみと息を吐いた。「折れてるって……。意外と根性があるんだな」

「ここが最後の砦だって言ったろ?」平岡は右の頬をつりあげた。「でも、あれで一日耐えられるか心配だよ。あの格好じゃ、表にも出られないだろうし」

「シェフは許してくれないだろうね」

「ま、あと少しの辛抱か」自分に言い聞かせるようにつぶやいて、平岡は左右の肩を交互にまわした。

「俺も休みに入ったら家族で沖縄だ」

「それはうらやましいね」

「そっちは？」

「特に予定はないよ」

「せっかく独り身になったんだ」平岡はきっぱり言った。「どこでも好きなところに行ってこいよ」

＊

店が冬季休業に入ると、シェフは長泉町にある循環器内科の専門病院に入院した。詳しい経緯は分からないが、橘さんに説得され、渋々、手術を受けることに同意したらしい。僕たちにそれを告げたときのシェフの口調はいかにも不満げで、半ば自棄になっているようだった。

また、旅行を取りやめたことで多少の問題も発生した。パリを訪れる予定だったシェフは、フランス在住の友人に荷物を手渡すことになっており、その約束だけは反故にするわけにはいかなかったのだ。いくつかの解決策が講じられ、それらが不可能だと判断されたのち、どういう風の吹きまわしか僕に白羽の矢が立った。休暇中の予定を立てていなかったことから、あるいは暇を持て余していると思われたのかもしれない。

あまりに急な話だったこともあって、声をかけられた時点では、正直、それほど乗り気ではなかった。かといって鼻先にぶらさげられたニンジンを——航空券代と宿泊費用は出してくれるという条件だった——見過ごせるはずもなく、パスポートの有効期限を確認したうえで、急遽、シェフの代役として僕はパリに向かうことになった。

出発まえに僕が面会に訪れたとき、手術を翌日に控えたシェフは、ジャージにサンダルという格好で病棟の廊下を行ったり来たりしていた。

僕たちはラウンジに移動し、自動販売機でペットボトルのお茶を買って、窓のそばのテーブルについた。日本文化のイベントに出展するというシェフの友人の依頼を受けて、僕が浴衣やアニメのキャラクターグッズを買い揃えたことを報告すると、彼は丸太のような足を投げ出して、天井を見あげた。

「せっかくの休みがクソみたいな病気のせいで台なしだ」

「この辺りで一度、メンテナンスが必要だったのでは？」

「麻酔のショックで死んだらどうする？」

「考えすぎですね」

不服そうに鼻の穴を膨らませて、彼は窓の外に目を向けた。病院はなだらかな斜面を切り拓いた場所にあり、雑木林の先には雪を散らした愛鷹山が見えた。「そういえばフランス語は？　少しは話せるのか？」

「さっぱりですね。でも、英語はそこそこ自信があります。塾で働いていたときは、風邪で休んだ同僚の代理で授業をしたこともあるので」

「パリに行ったことは？」

「新婚旅行で一度だけ」

シェフは声を出さずに笑った。「暗い過去を蒸し返すようで悪かったな」

「ご心配なく」僕は首を振った。「あのときはパリに着いたとたん、体調を崩して、どこにも行けなかったので」

今度は声を出して彼は笑った。「死ぬほど食ってこい」

「そのつもりです」

「もう行く店は決めたのか？」

「まだなんですけど、いくつか気になるところは……」

「どこだ？」

料理専門誌や旅行サイトを駆使して調べたレストランを挙げると、シェフは満足そうにうなずいたり、あそこは高い割にたいしたことない、と切り捨てたりした。そして、友人や知人が経営している店を教えてくれた。

「みんな昔からの知り合いなんですか？」

「いや、自分の店を持ってから仲良くなった奴のほうが多い」

「修業時代は付き合いを避けていたとか？」

「そういうわけでもないが、最初は喧嘩ばかりだったからな。言葉もろくにできなかったし、いまと違って日本人の料理人も少なかったから、どこに行っても理不尽な目に遭った。給料が出なかったり、ミスを押しつけられたり、まあ、ろくなもんじゃない。初めはそれにも耐えていたが、黙っているとただの馬鹿だと思われるってことに気づいて、それからは率先してやり合うようになった。といっても、殴ったことはないぞ。襟首を摑んで、絞め落としただけだ」

「暴力であることに変わりない気がしますが……」

彼は鼻の下を伸ばして、おどけたふりをした。「ほんとうの意味でフランス人と打ち解けたのは、帰国まえの三、四年かな。そのまえにも仕事のあとに呑みにいったりはしたが、友人と呼べるような奴はいなかった」

「何かきっかけがあったんですか?」

「自分の出来の悪さを思い知った。その一言に尽きる」

シェフにとって転機となったのは、渡仏して七年目。念願かなってパリ七区の有名レストランに入った時期だったという。それ以前の職場では——パリ以外にもトゥールやナントなどの地方都市を渡り歩いていたらしい——ソースを作るソーシエ、肉に火を入れるロティスール、さらにはスー・シェフまで経験していた。だが、入店直前に『ミシュラン・ガイド』で二つ星から三つ星に昇格し、『ゴー＝ミヨー・フランスガイド』でも高得点を獲得していたその店では、求められる技術レベルが違っていた。料理はすべてア・ラ・ミニュートで、調理工程は複雑そのもの。キャベツとフォアグラ、オマールとヴァニラ、鴨とオマールとマンゴー……。ヌーヴェル・キュイジーヌの〝鬼才〟と呼ばれたシェフ、アランが思い描いたアイデアを具現化するため、才気あふれる従業員が一丸となって知恵を出し合っていた。

「それまではアジア人であることで苦労したが、あそこに入ってからは料理の才能と実力がないせいで打ちのめされた。毎晩ミスをする夢を見て、汗びっしょりで目が覚める。あれ以上の悪夢はなかった」

それでも必死に作業に打ち込むことで、彼は徐々に仕事の幅を広げていった。ただ、どんなに頑張っても重要な役職には就かせてもらえなかった。魚をおろすことは許されても、肉の火入れはさせてもらえない。ここでも肌の色や言葉が不自由であることが障害となるのかと思い悩んでいたとき、休憩中にアランに声をかけられた。君が努力していることは知っている。でも、それだけだ。人ひとりの能力なんてたかが知れているのだから、もっと周りに頼るべきだし、それができなければいま以上の仕事は任せられない。せっかく人を喜ばせる職業に就いたのに、君自身、人生を楽しまないでどうする、と。

「当時は店の中心で働くことしか考えてなかったし、それ以外のことはどうでもいいと思っていた。そこに、あの一言だ。職場の連中とくだらん冗談を言い合ったり、休みの日に出かけたりするようになったのはそのあとだな。それから何年かたって自分が経営者になってみると、アランの偉大さが身に沁みて分かるようになった。他人に頼って、人生を楽しめ、なんて……。怒鳴ってばかりの俺には死んでもできん芸当だ」

「自覚はあるんですね」

「は？」

シェフににらまれて、僕は取り繕うように尋ねた。「結局、その店では希望の仕事をさせてもらえたんですか？」

「努力が報われるほど甘い場所でもなかった。あのまま続けていれば可能性はあったかもしれんが、こっちの都合でパリを離れた。でも、いっときでもあそこにいられて幸せだったと思うよ。あのプレッシャー、あのクオリティ、あの仕事量……。あれを知らずに日本に戻ったら、いまごろ料理の世界から足を洗って、事務仕事でもしていただろうからな」

「事務？　工事現場の作業員なら分かりますけど」

　反射的にシェフは何かを言いかけたが、ぐっとこらえて、鼻から息を吐いた。「とにかく、それほど影響を受けたってことだ。東京ではアランのルセットをそのまま使ってたし、店の名前だってそうだ」

「〈ラ・プリュム〉ですか？」

「昔、アランに言われたんだ。〝La belle plume fait le bel oiseau〟――美しい羽が美しい鳥を作るってな。ちょうど盛りつけを確認してもらったあとで、言った本人もにやっとするような感じだったから、てっきり褒められたんだと思った。ところが周りのフランス人に訊いてみても、どうも意味がはっきりしない。それが判ったのは帰国してからだった。本屋でフランス語の参考書を見ていたら、たまたま目に留まったんだ。ことわざみたいなもんで、〝馬子にも衣装〟にあたる言いまわしだと書いてあるじゃないか。要するに、アランは俺をからかっていたわけだ。おまえみたいな半人前のジャポネが作っても、これだけ素材がしっかりしていれば立派な料理に見えるって。勘違いと言えばそれまでだが、修業時代を忘れないためにも、これ以上の名前はない気がした」

「入院していなかったら、そのレストランにも行くつもりだったんですか？」

「店は移転して、ずいぶんまえにアランは引退した。いずれ会えたらとは思うが……」

そこで僕は、橘さんをホテルに送り届けてからというもの、ずっと気になっていた疑問を口にした。

「お子さんが生まれたのはその時期ですか？」

「あ？」

「フランスで？　ポルトガルで？　それとも日本に戻ってから？」

節くれだった指を膝において、シェフはじろりとこちらを見た。入院患者とは思えぬ居住まいに圧倒されて、僕は椅子のうえで後ずさりした。

「余計なことを……」

「橘さんは良かれと思って教えてくれたんです」

「おまえの知ったことか！」

ちょうどそのとき、若い看護師が近くを通りかかった。僕たちは口をつぐんで、それぞれ違う方向に顔を向けた。

「もういい」シェフは鼻を鳴らして、腰をあげた。「荷物は頼んだぞ」

「任せてください」

心なしか小さくなった背中を見送りながら、シェフ、と僕は呼びかけた。「飛行機代とホテル代はいただいたんですけど、それとは別に餞別を……」

彼は立ちどまり、不敵な笑みを浮かべて、ジャージの袖を捲りあげた。どっしりとした足取りで向かってきた相手を見て、僕は大急ぎでテーブルを離れた。廊下の途中で小走りになり、建物の外に出るまで決して後ろを振り向かなかった。

＊

　意気揚々とフランスに向かったところまでは良かったが、乾燥した機内の空気に喉をやられ、風邪をひいてしまったらしい。モスクワを経由して、パリに到着するころには驚くほど熱があがっていた。朦朧とした意識でタラップを降り、途中、何度もしゃがみ込みながら通路を進んだ。悪寒に震えるこちらを見て、無愛想だった入国審査官はいっそう態度を硬化させた。それでもどうにかゲートを抜けることを許されて、関節の痛みに耐えながら市内行きのバスに乗り込んだ。

　結局、熱が下がるまでに四日かかった。シェフの友人がモンマルトルのホテルまで来てくれたおかげで最低限の務めは果たせたものの、それ以外の予定はすべて変更を余儀なくされた。レストランやビストロをめぐる計画は頓挫し、フランスに入国以降、口にしたのはミネラルウォーターとリンゴとヨーグルトだけ。コーヒーやアルコール類はいっさい受けつけず、近所のカフェに行くことさえままならなかった。

　我が身の不幸を嘆くだけの体力が回復すると、僕はホテルのフロントで延泊代を支払い、思いつくかぎりの英語で愚痴をこぼした。前回は妻とともにこの街を訪れ、胃腸炎を患った。今回は発熱。連日の曇り空で気は滅入るし、こんなに寒くては風邪も治らない……。

　すると、黙ってこちらの話を聞いていた若いフロント係は、南に行くべきです、と断言した。「リスボンなんてどうです？　いまの時季でも陽射しは暖かいし、人々は親切で、食事だって素晴らしい！」

見事な顎髭を生やした彼はポルトガル移民三世で――パリはポルトガルの第二の首都と言われるほど多くの移住者がいるそうだ――次のバカンスはカスカイスで過ごすつもりなのだと熱弁した。

その後、部屋のベッドに寝転がって、僕はスマートフォンに保存してあったシェフの娘とおぼしき女の子の画像を眺めた。ふたたび登場したポルトガルという国名とともに、一時的に忘れていた疑問が再燃したのだ。

そもそも、修業時代のシェフはフランス以外の国でも働いていたのだろうか？　あるいはフロント係の彼が教えてくれたように、この街で移民の女性と知り合ったのか？　そして、結婚しなかったという相手は、いまどこで何をしているのだろう？

旅行サイトを検索してみると、時季外れということもあって、リスボンまでの航空券は冗談かと思えるほど安かった。帰国便までの時間は限られていたとはいえ、停滞した気分を晴らすためには、ここで仕切り直しをしてみるのも悪くはない気がした。

パリからリスボンまで、風邪のぶり返しを気にしながらの移動だった。空港に向かう電車のなかでも、搭乗手続きをすませてからも、無理は禁物だと自分に言い聞かせた。

約二時間半のフライトを経て、くすぶる不安を打ち消してくれたのは、大きな川沿いに広がる白い街の景色だった。突き抜けるような青空の下、急な斜面に橙色の屋根が連なっている。長い橋の架かった河口には、春の陽光が降りそそぎ、通りのあちこちに木々の緑が目立っている。道ですれ違う人たちの表情は一様に明るく、その話し方もどこかのんびりしているようだった。

バイシャ地区のホテルに一泊したのち、長距離バスでエヴォラという街に向かった。事務室のボードに留めてあった手紙や絵はがきにあった住所から推測するに、シェフの娘はその郊外で暮らしているはずだった。だからといって、突然、自宅を訪ねるのも不自然であるだろう。さしあたってはショップカードのあったレストランに行って、シェフのことを訊いてみるべきかもしれない。

十月五日通りのペンサオンに部屋を取り、夕方、ジラルド広場でタクシーを拾った。ショップカードの画像を見せると、腹のせり出した運転手は控えめに親指を立てて、後部座席に乗るよう促した。その穏やかな笑顔に安心したのも束の間、車は猛スピードで発進し、一気に水道橋を通過した。自動車レースに参加するような勢いでコルクガシの林を走り抜け、速度を落とすことなく円形交差点に突入した。激しく揺れる車内で、僕は右に、左に転げまわった。危うく車外に投げ出されるところだった。

なだらかな丘のうえに立つ城壁の町に入って、まもなく見えてきたのは小さな広場だった。四方に伸びた通りの一角に石造りの教会が建ち、その周りにカフェや商店が軒を連ねている。

ロバのような目をした運転手は、バス乗り場の手まえで急ブレーキをかけると、低い声で何事かつぶやき、街路樹のオレンジを指さした。青い実をつけた枝の向こうには、〈Três Nações〉とプリントされた紺色の庇があり、どうやらそれが目的のレストランであるようだった。

石畳の道を歩いて、格子窓から店内を覗いた時点で、カウンターの奥にいる女性が〝かつての写真の少女〟であることはすぐに分かった。年齢は、三十代後半から四十代半ばだろうか。写真を撮影した当時から数十年の歳月を経ても、その顔立ちに大きな変化はないようだった。

父親譲りの切れ長の目。若干、上を向いた大きな鼻。肉厚のくちびる。上背があり、いかにも骨太なところもシェフとよく似ている。黒い髪を亜麻色に染め、日本ではあまり見かけない、くっきりした化粧をしているものの、彫りの浅い顔に東洋人の血が入っていることは明らかだった。

ゆっくりとドアを開けたこちらを見て、白いシャツに黒のスカート姿の彼女はおもむろに両手を広げた。まるで我が子を迎え入れるような、鷹揚な仕草だった。「コン、ニチーハ！」

「日本語を話せるんですか？」驚いて、僕は尋ねた。

だが、その問いかけは通じなかったらしい。彼女は近くの椅子を引いて、はにかんだ笑みを浮かべた。続けて出てきたのは流暢な英語だった。「ようこそ。坐ってください」

午後六時をまわっていたが、カウンターとテーブルを合わせて三十席ほどの店内に客の姿はなかった。奥の一画は照明が消えていて、通路の壁に貼られている羊飼いのポスターは角が破れていた。

笑顔でメニューを手渡され、なんとなくシェフのことを切り出すタイミングを逃した。ポルトガル語を読んでもまるで歯が立たなかったので、オリーブやパン、ヤギのチーズ、トウモロコシ粉が入った腸詰めなどを用意してくれていた彼女に声をかけて——それらは手をつければ料金が発生し、要らなければさげてもらえるらしい——この店のお勧めをお願いした。

最初に登場したのは、厚切りのパンとタマゴが入ったスープだった。塩とオリーブオイルのシンプルな味つけで、みじん切りのニンニクが効いていた。素朴な味わいが身に沁みた。スプーンを口に運ぶたびに、弱った体に生気が戻るようだった。

ただ、それを食べきらないうちに黄色の陶器が運ばれてきて、僕はぽかんと口を開けた。ヘルメットと見紛うような皿には、殻つきのアサリと角切りの豚肉、それに素揚げしたジャガイモが盛られていて、巨大な山を彩るように生のコリアンダーが散らしてある。

「これは？」

「カルネ・デ・ポルコ・ア・アレンテジャーナ」

「何人ぶん？」

「もちろん」彼女は照れたように返事をした。「一人ぶん」

日本語にすると、「豚肉のアレンテージョ風」。もともとは南部アルガルヴェ地方発祥の料理だということだが――肉にアサリを合わせたのは、魚を飼料として与えて育てたブタの臭い消しの意味もあったらしい――養豚が盛んなこの地方の名称とともに全国に伝わり、いまではポルトガル人なら誰もが知る、典型的なメニューになっているそうだ。

その名の通り、大きめに切られた豚肉は味が濃く、肉質がしっかりしていた。一見、ばらばらとも思える食材を取りなしているのは、炒めたタマネギやパプリカで、そこにコリアンダーの香りがアクセントをつけていた。まるで空中で素材をぶつけ合い、そのまま火を通したような豪快な料理だった。

地元アレンテージョの赤ワインを呑みながら――アラゴネスという品種で、キイチゴを思わせる香りがした――僕は肉を噛みしめ、ジャガイモにフォークを突き刺した。食べれば食べるほど食欲が刺激される、暴力的ともいえる組み合わせだった。

妙な引っかかりを覚えたのは、十数個目のアサリを殻から外して、コリアンダーの茎を噛みしめたときだった。どこかでこれと似た料理を食べたことがあった。しかも、そう遠い昔のことではない……。次の瞬間、そうだ、と僕は叫んでいた。「〝重ね焼き〟だ！」

ふと目をあげると、店員の女性が不審げにこちらを見ていた。

「すみません」僕は英語でまくしたてた。「実は、いま日本のレストランで働いていて、店のシェフがこれとよく似た料理を作っているんです」

「シェフ?」

「たぶん、あなたも知っている……ミキオ・イワタ」

「ミキオ？　ああ、ミックね」彼女は表情を和らげ、ほっと息を吐いた。「彼、いま病院にいるんでしょう?」

「ご存知なんですか?」

「メールをもらったから」近くのテーブルに寄りかかって、彼女は言った。「だけど、彼の店で働いている日本人が来るなんて……。信じられない。えっと、わたしはグラッサ。ミックの娘ね」

僕も自己紹介をして、言いまわしの分からない部分はスマートフォンでポルトガル語に翻訳しながら、〈ジョル〉でも「カルネ・デ・ポルコ・ア・アレンテジャーナ」によく似た料理を出していることをあらためて伝えた。

「彼の専門はフレンチだって聞いたけど」

「もちろん、アレンジはしています。でも、基本的には同じものを」

「知らなかった。私たちには秘密にしていたのかしら?」

「そうかもしれません」僕は言った。「シェフとはよく連絡を取っているんですか？」

「時々。母が亡くなってからね」

「亡くなった？」

「ええ。十七年まえに」

　そのあと教えてくれた話によれば、母親が心筋梗塞で倒れた当時、グラッサさんはリスボンの大学で研究者を志していたそうだ。父親から報せを受けて、彼女は取るものも取りあえずエヴォラ郊外にある実家に向かった。〝ほんとうの父親〟が生きていることを知ったのは、病床の母親に付き添っているさなかだったらしい。

「祖父母と母がパリにいたことは知っていたけど」彼女はぽっちゃりした手を握りしめるような仕草をした。「まさか近所のカフェで知り合った日本人が相手だったなんて……。私が生まれるまえに交通事故で亡くなったって教えられてきたから、最初は奇妙な感じだった。やめてよ、冗談でしょって」

　ただ、おっとりした母親の意外な一面を知った際には、誇らしいような、寂しいような、何とも言えない気持ちになったという。それというのも、グラッサさんを身ごもったとき、彼女の母親は十八歳になったばかりだったからだ。

　妊娠発覚後、母親は勤めていた雑貨店を辞め、駆け落ち同然で日本人のもとに転がり込んでいた。カンパーニュ・プルミエール通りのアパルトマンで管理人をしていたグラッサさんの祖父母は、娘の身勝手な行動に怒り狂い、周囲の協力を得て、男の留守中に部屋に押し入った。保守的なカトリック教徒である以上、子どもを堕ろすわけにはいかない。教会で式を挙げてしまえば、離婚も認められなくなる。どこの馬の骨とも知れないアジア人から娘を取り返すため、彼らも必死だったのだろう。泣き暮れる我が子を連れもどすと、一家は家財道具を車に積み込み――独裁者サラザールの時代が終わりを告げ、革命によって生まれ変わった――祖国に向かった。そして、彼の地でグラッサさんを産んだあと、母親は田舎町でレストランを営んでいた男と結婚した。

「母はフランス訛りのポルトガル語を話したから、いつもお客さんにからかわれてた。そして、私は混血。リスボンだったら違うのかもしれないけれど、ここは田舎だから面倒も多かった。セバスティアニズモ……。いつか王子様が助けに来てくれる、なんていかにもポルトガル人の考えそうなことね。救いは父。弟や妹と同じように私に接してくれて、嫌なことがあったときには必ず助けてくれた。父が困っていたから、大学を辞めて、この店で働くことにしたの」

「待ってください」あたまのなかを整理しながら、僕は質問した。「あなたのお母さんとシェフはパリで別れた。その後も関係が？」

「会ったことはないみたい。でも、手紙のやり取りはしていた。信じられないことに、それが残っていて……」

「どんな内容だったんですか？」

「母と別れたショックでパリの店を辞めたこととか、カンカルで〝ギード・ルージュ〟の星を獲るために頑張っていることとか、日本でレストランを開いたこととか、下手なフランス語で書いてあった。あとは私についいて……。大きくなって嬉しいって。母は写真を送っていたらしくて。最後の文章はいつも〝少ないけれど、使ってください〟。要するに、送金してもらっていたのね」

母親の過去を知ったグラッサさんが気持ちを揺さぶられたように、僕もシェフの意外な一面を垣間見て、複雑な気分になった。あの横柄で、お世辞にも性格が良いとはいえない人物に、そんな過去があったとは……。

そこでふと気になって、僕は尋ねた。「あなたのお父さんは、シェフとの関係が続いていることを知っていたんですか?」

「たぶん、気づいていなかったと思う」グラッサさんは首を振った。「母はフランスの友だちとよく手紙のやり取りをしていたから。店の経営が厳しくなったとき、母がどこからかお金を用意したことには疑問を覚えたはずだけど……。でも、父は子連れの母を引き受けて、懸命に働いた人なのよ。それなのに何年も隠し事をしてきたなんて……。母を責めずにはいられなかった」

母親の死後、グラッサさんは遺された手紙を頼りに〝日本人〟に訃報を送った。二カ月後、何の前触れもなく本人が訪ねてきて、親子は突然の対面を果たした。大柄だったことには驚かされたが、彼女は必要以上に動揺することもなかったという。血縁関係にあるとはいえ、他人同然の相手なのだ。話しかけるときは〝senhor〟と言った。〝pai〟とは呼べなかった。

ポルトガル人の父親は、愛妻のかつての交際相手と顔を合わせることを渋ったが、泣き崩れている相手を見て、ようやく厨房から出てきた。同業者として通じ合う部分もあったのだろう。ふたりは身振り手振りを交えながら長いこと語り合った。

「いまの話が十七年まえ?」

「ええ」

それはちょうど〈ラ・プリュム〉が閉店し、シェフが失踪したと噂された時期と重なっていた。グラッサさんの母親の死は、それほどの影響を――人生を左右するほどの衝撃をシェフに与えたということなのだろうか……。

物思いに耽っている僕を見て、グラッサさんは申し訳なさそうに、去年までは父も店に出ていたんだけど、と付け加えた。「もう歳だから」

「じゃあ、料理はあなたが？」

彼女は目尻をさげ、やめてよ、と言いながら上半身を揺らした。肩が揺れ、水風船のような胸が波打った。「私は自宅で子どもたちの食事を準備するだけ。奥で夫が調理しているの」

グラッサさんがテーブルを離れたあとで、僕は残っていた「カルネ・デ・ポルコ・ア・アレンテジャーナ」に手をつけた。冷めた豚肉は硬く、アサリは弾力を失って、器の底に溜まった脂には、うっすら膜が張っていた。


午後八時を過ぎたあたりからぽつぽつと客が入り出し、その後、一時間もしないうちに満席となった。客層は幅広く、赤ん坊を抱えた家族連れもいれば、ひとりで新聞を読んでいる老人もいた。その大半が顔見知りであるらしく、僕の周りでもキスやハグが飛び交った。

頃合いをみて暇を告げるつもりだったのだが、あまりに忙しそうなグラッサさんをまえに声をかけそびれた。接客を担当しているのは彼女ひとりで、人手が足りていないことは傍目にも明らかだった。

自分の出る幕ではないとあたまでは理解していたものの、せわしなく働く彼女を目で追っていたら、じっとしていられなくなった。コップに残っていたガス入りのミネラルウォーターを飲み干してから、僕は空いた器をカウンターに運んで、目を丸くしているグラッサさんに、手伝いますよ、と声をかけた。

「冗談でしょう?」

「ご心配なく」僕はかぶりを振った。「〝ミック〟の店でも同じ仕事をしているので」

エプロンをつけたこちらを見て、戸惑った表情を浮かべる人もいたが、グラッサさんが声をかけてまわると、不意に登場した〝日本人研修生〟をあっさり受け入れてくれた。

ただし、思った以上に言葉は通じなかった。僕が知っているポルトガル語は「Bon dia」と「Obrigado」だけだったし、彼らも英語が得意ではなかったり、話せたとしても独特のアクセントがあったりしたから、簡単な注文を取るのも容易ではなかった。そこで、どうしても意思の疎通が取れないときには、紙製のテーブルクロスの端を破って、そこに用件を書いてもらうようにした。

途中、何度かグラッサさんから気遣うような声をかけられたが、僕としてはひさしぶりの接客に充実感を得ていた。湯気の立つ料理をテーブルに届け、ワインのコルクを抜くだけでも楽しかった。あるいはそれは、この店の雰囲気がそう感じさせてくれたのかもしれない。というのも、サービスをするうえで必要な語学が不自由であるにもかかわらず――申し訳ないと思うことは多々あっても――客席で嫌な思いをしたことは一度もなかったからだ。食べること、呑むこと、しゃべることに夢中な彼らは総じて寛容で、瑣末な言葉のやり取りを気にかけるより、食事を愉しむことを大切にしているようだった。

営業中、僕は何度も呼びとめられ、ワインやチーズをご馳走になった。酔っ払いに肩を組まれ、どこかのクラブチームのチャントを歌わされたこともあった。飛び入り参加のピエロとして、僕は各テーブルに気を配り、可能な限り動きまわった。

額に汗を滲ませてカウンターに戻ると、グラッサさんに瓶ビールを渡された。「ねえ、ミックの店は辞めて、うちで働かない？」

「いいですね」僕は笑顔で冗談に応えた。「それにしても、人気店で驚きました」

「この辺りはレストランが少ないから。お客さんは家族のような存在。みんな顔見知りで、おしゃべりをするためにここに来てくれる」

カウンターの隅には鳥打帽をかぶった老人とあばた面の男がいて、赤ワインの入ったグラスを片手に議論を戦わせていた。彼らを見つめるグラッサさんの横顔は、営業中に客席を見渡すシェフとそっくりだった。

「仕事中のミックはどんな感じ？」

「すごく厳しくて」僕は言った。「悪魔のような存在です」

グラッサさんは微笑んだ。

「でも、素晴らしいレストランです。一度、日本に来てください。シェフも喜ぶと思うので」

「そうね。いつかは行きたいと思ってる」彼女は小皿に残っていたオリーブの種をごみ箱に捨てて、厨房に顔を向けた。奥で作業をしていたグラッサさんの夫は、妻とは対照的に痩せ型で、口数は少ないながらも快活そうな人だった。「あの人とは学生時代に知り合ったの。彼の実家はカフェを経営していて、それで気が合ったのね。そう考えると、私の周りは料理人ばかり。両親も、夫も、夫の両親も、血の繋がった父親も……。結局、こうなる運命だったのかしら」

僕は曖昧にうなずいた。

「好きで始めた仕事ではなかったけれど、いつのまにかここが私のすべてになった。いいえ、反対ね。私がこの店の一部になった」そう言って、彼女は共犯者を求める目つきでこちらを見た。「あなたの場合はどう？　ミックのレストランはあなたにとって理想的な場所だった？」

瓶の底に残っていたビールを呑み切って、僕は首を振った。といって、それが答えというわけではなかった。これまでそんなふうに考えたことがなかったし、ほんの数カ月、接客に携わっただけの立場で、彼女と同じ目線で仕事について語れるはずもない。

唯一、言えることがあるとすれば――紆余曲折があったとはいえ――この場にいられて嬉しいということだけだった。僕はそれを正直に伝えた。今日はここに来てほんとうに良かったです、と。他は何を言っても嘘になる気がした。

＊

帰国翌日、昼過ぎに店に行ってみると、フランネルのシャツにジーンズ姿の平岡がバックヤードで野菜の仕分けをしていた。

「あれ、どうしたの？」戸口に立って、僕は驚きの声をあげた。

「やっぱり来たか」アクリル製のケースから泥つきのダイコンを取り出して、平岡は右の頬に皺を作った。「そろそろ顔を出すんじゃないかと思ってたんだ」

「出勤はあさってからじゃ……？」

「時間があるなら手伝えよ。シェフがやる気なんだ」

「やる気？」

「入院して、相当ストレスが溜まったんだろう。退院直後から厨房に入って、料理の鬼になってる」

「鬼……」僕は唖然としてつぶやいた。「せっかくの休みなのに、君は奥さんや娘と一緒にいなくて平気なのか？」

「沖縄旅行もしたし、サファリパークにも行った。だけど、俺が家にいるとペースが乱れるみたいでね。気分転換にこっちに来てみたら、シェフと鉢合わせしたんだ」

「だからって——」

「シェフに挨拶してこいよ」流しにダイコンを置いて、平岡は言った。「フランスでの療養生活を聞きたくてうずうずしてるから」

　旅行中に体調を崩したことがすでに伝わっていると知って、僕は大きくため息を吐いた。

　スイングドアを開け、厨房に入ると、コックコートに身を包んだシェフがオーブンの温度を調整していた。手術は無事に終わったという話だったが、痩せてもいなければ、やつれてもおらず、外見上、特に変わったところはないようだった。

「ホテルで寝込んでたんだってな」こちらを見るなり意地の悪い笑みを浮かべて、シェフは僕の手を握りつぶした。「いったい何のためにフランスに行ったんだ?」

「荷物はちゃんと渡しましたよ」

「それは知ってる」彼は満足げに鼻を膨らませて、僕を見おろした。「日頃の行いは大事だってことだ」

「お互いさまです」

「このあと予定は?」

「ありません」

「じゃあ、これ食ってけ」

このとき、シェフが調理していたのは、中伊豆の猟師が快気祝いに贈ってくれたという雌のイノシシだった。生後一年前後で、中程度の大きさであるそうなのだが、部位ごとに解体された肉には厚みがあり、見事な脂肪をまとっていた。

「いまから焼くんですか?」

「期待していいぞ」彼はにやりとした。「今日は大サービスだ。金は取らん」

「そういうことなら、ご相伴にあずかりますよ」

「もちろん、そのまえに一働きしてもらうがな」

「まだ休み中なのに?」

「ぼけっと待ってたって退屈だろう?」

結局、イノシシが焼きあがるまでのあいだ、僕はバックヤードの掃除をして、付け合せの準備をしていた平岡を手伝った。ジャガイモのタルトをオーブンに入れ、軽く火を通したダイコンやカリフラワー、芽キャベツ、トウナなどにドレッシングを絡めて、流しに溜まった調理器具や鍋を洗っていった。

隣で作業をしていたシェフはいつになく上機嫌で、鼻歌まじりに背肉の皮面に切り込みを入れたり、マリネしてあったロース肉の焼き具合を確かめたりしていた。

食器とグラスを用意し、あとはイノシシの仕上がりを待つばかりとなったとき、けたたましいエンジン音とともにメタリックグレーのスクーターが敷地に入ってきた。半帽型のヘルメットをかぶった運転手は真っ赤なベンチコートを着ていて、倉庫の横にバイクを停めると、小走りにバックヤードに近づいてきた。

「どうした？」恐るおそるドアを開けた相手を見て、平岡は声をかけた。

「あ、いや、その……」小宮山は泡を食ったように返事をした。「新しいバイクが届いたんで、こっちまで来てみたんですけど……」

「怪我は治ったのか？」

顎のかさぶたに手をやって、もう大丈夫です、と小宮山は言った。右腕にはまだ包帯が巻かれていたものの、すでに自由に動かせるようだった。

「おい、運んでくれ！」

シェフの怒鳴り声が響いて、僕は厨房に向かった。調理台に用意されていたのは骨つきの肉の塊で、真鍮製の平鍋からは焦げた脂とハーブが混ざり合った、得も言われぬ香りが漂っていた。

「どうだ？」

焼けた肉の匂いを胸いっぱいに吸い込んで、僕はシェフにうなずきかけた。「素晴らしいですね！」

いまだに状況を呑み込めていない小宮山も含め、全員が作業台を囲んだところで、僕はバッグから赤ワインのボトルを取り出した。「ちょうど良かった。土産に買ってきたんだ」

「パリで？」平岡が尋ねた。

「いや、エヴォラで」返事をした瞬間、シェフの目つきが変わったが、それには気づかないふりをして、僕はコルクの栓を引き抜いた。「フランスにも行ったけど、いろいろあってポルトガルに移動したんだ。で、みんなに負けないように海外研修をしてきた」

「研修？」

「案外、向こうのほうが肌に合ってるみたいでね。引きとめられて大変だったよ」

平岡は怪訝そうにこちらを見ていたが、自分のグラスにワインが注がれそうになると、飲み口を塞いで、車があるから駄目だ、と言った。スクーターで店に来ていた小宮山も、それに倣ってグラスに手で蓋をした。

「こんなご馳走をまえにして、よくそんなことが言えるよな」僕は大袈裟に首を振った。「ひさしぶりにみんな揃ったんだ。今日はふたりとも誰かに迎えに来てもらえよ。もしくは代行を呼んだっていい。それくらいの金は――」

「君が出してくれる？」

僕は何も言わずに向かいの席に目をやった。平岡と小宮山もそれにつられた。従業員の視線が自分に集まっていることに気づいて、シェフは不満げに鼻を鳴らした。「分かった。俺が払う。払えばいいんだろう」

「ありがとうございます」僕は礼を言った。「これで心おきなく呑めますね」

肉の切り分けは平岡が行った。こんがりと揚がった皮の表面にナイフを入れた瞬間、弾けるような音がして、でっぷりとした脂肪から透明な肉汁があふれた。わずかに血の滲んだ赤身は色鮮やかで、その断面から湯気があがっている。

全員の皿に肉を取り分けたあとで、平岡は片手鍋を取って、赤ワインとイノシシの骨から作ったソースをかけていった。仕上げに粗塩と胡椒を添え、一緒にローストしたローズマリーもあしらった。

「よし、これで揃ったな」僕たちを見まわして、シェフは怒鳴った。「遠慮はするな。好きなだけ食え！」

皮面から火を入れたイノシシの肩肉は歯切れがよく、さくさくと噛み切れる食感が独特だった。適度に水分が抜けた脂身は甘みがあり、噛むほどに木の実にも似た香りが広がった。酸味のあるソースとまろやかな血の風味、そして引き締まった肉の旨味が舌のうえで層を作り、腹の底から言いようのない感情が込みあげてきた。

僕は緩んだ口もとに手をやって、こぼれる笑みを隠そうとした。肉を噛みしめるたびに気が高ぶって、思わず声を洩らしてしまいそうだった。たぶん、他の三人も似たような感想を抱いたのだろう。平岡も、小宮山も、そしてシェフまでも、ナイフとフォークを握りしめたまま、充ち足りた表情を浮かべていた。

　僕が持参したワインはあっという間になくなって、それ以降はシェフが自前のボトルを提供してくれた。次々とグラスを空けながら、僕たちは馬鹿話に興じた。こんなときのために温めておいたシェフの物真似を僕が披露すると、平岡は腹を抱え、小宮山も椅子から転げ落ちた。最初は穏やかだったシェフの顔つきが、徐々に曇ってきたところで僕はトイレに避難し、ひと呼吸おいてから席に戻った。

「たまにはこうやってみんなで呑むのも悪くないだろう？」横目でシェフの様子を窺いながら、僕は平岡に声をかけた。

「確かに」

「海外研修をしたおかげで思うところがあってね。打ち上げでも、花見でも、理由はなんでもいいけど、やっぱりこれからは——」

「芹沢！」こちらの会話を遮って、小宮山がだらしない声を出した。「ごちゃごちゃ言ってないで、出てった女を連れてこいって」

「なんだって？」

「嫁に電話しろって言ってんの」

「なんだ、もう酔っ払ったのか？」

「うるせえ！　おまえ、バツイチだからって調子に乗ってんら？」

「なんて言い草なんだ……」

「俺が戻ってこいって言ってやるから」顔を真っ赤にした小宮山は、自信たっぷりに付け加えた。「いますぐ連絡しろって」

「彼女には彼女の生活があるんだ。いまさら昔の男に付きまとわれたって鬱陶しいだけだよ」

「じゃあ」平岡は言った。「別れた奥さんにまた会いたいとか、やり直したいと思ったりすることは？」

「どうだろう……」答えを濁して、僕は隣の相手と目を合わせた。こちらの返事を待っている平岡も、小宮山に負けず劣らず赤い顔をしていた。「でも、ここにいる僕を見て、彼女がどう思うかは知りたい気がする」

「店で働いている姿を？」

「ああ」

「やっぱり未練たらら――」

　いまいち呂律のまわっていない小宮山を制して、僕は続けた。「馬鹿みたいに聞こえるかもしれないけど、いまだったら普通に会話できると思うんだ」

「普通って？」平岡は首を傾げた。

「あの映画が面白かったとか、ここに行ってみたいとか、他愛のないおしゃべりだよ。別れる間際はまともに目も合わせられないような感じだったからね。こっちは彼女の言ってることがまるで理解できなかったし、向こうは向こうで他人に興味を持とうとしない僕の態度が許せなかったんだと思う。

でも、いまなら、あの時期に彼女がこだわっていたことが多少は理解できる。それに賛同するにせよ、しないにせよ、出会ったころみたいに対等でいられる気がするんだ」

「それで?」

「だから……。こんなふうに一緒に美味しいものを食べて、呑んで、騒いだあとだったら、それぞれの生活に笑って戻っていけるんじゃないかと思ってね」

「あんまり見習いたくはないけど」平岡は苦笑した。「それだけ言えるようになったんだったら、もう心配は要らないか」

「おかげさまで」僕はうなずいた。「こっちに来てからは、思いやりあふれる上司と親切な先輩にこき使われて、悩んだり、考え事をしたりする暇もない」

「感謝しろよ」小宮山はさも当然だというように言い切った。

　すると、それまで黙っていたシェフが、突然、低い声でつぶやいた。「〝胃の腑の弱りたる者はみな我がもとに来たれ、われ汝らを癒さん〟」

「何ですか、急に」僕は顔をしかめた。「どこかの呪文ですか?」

「レストランだよ、レストラン。『restaurer』の意味も知らんのか? 辻静雄の本にも書いてあっただろう? ブイヨン売りのブーランジェが、パリのルーブル宮殿近くでスープ屋を始めたのがレストランの始まりだって。その店の看板に、いま言った文句が書いてあったんだ」

　要するに、と彼は続けた。「どっかの馬鹿みたいに弱りきった奴には、この場所が打ってつけだったってことだ」

時間が経つにつれ、しだいに口数が少なくなっていった小宮山は、やがてしなだれるようにテーブルに突っ伏した。その背中にベンチコートをかけてやってから、平岡は考え込むように腕組みをした。

「何が違うんだろう？」

「ん？」

「同じイノシシでも年末に入ってきたやつとは肉質が違うと思ってさ」

「俺も同じことを考えてた」

賛同したシェフを見て、僕は鍋に残っていた骨を指でつまんだ。「動脈瘤の手術をして、料理の腕があがったとか？」

「引っ叩くぞ」

「じゃあ、特に食い意地の張った一頭で、ドングリをたくさん食べてたとか？」

こちらの思いつきを無視して、平岡はシェフのほうに顔を向けた。「望月さんは何か言ってませんでしたか？」

例年、猟期に入ると、店にはシカやイノシシ、あるいは野禽やウサギ、アナグマなどが届けられた。納入に際して、シェフは捕獲した日時や場所、放血方法などを猟師から聞き取り、個体ごとにどのような状態にあるのかを把握するように心がけていた。ただし、このイノシシに関しては、とりたてて変わった報告はなかったという。

しばらく黙り込んだあとで、シェフはふと思いついたように席を立ち、バックヤードを出ていった。

数分後、戻ってきたときには携帯電話を持っていて、明日、望月さんのところに行くことになった、と言った。

「伊豆に？　もしかして猟ですか？」

「まあ、そんなところだ」シェフはとぼけた顔で返事をした。「先方の都合によるけどな。おまえもどうだ？」

　その瞬間、まぶたの奥に冬の野山が広がった。雪原に残った動物の足跡を追い、急な斜面を駆けおりる。猟犬の鳴き声とともに銃声が轟き、枯れた茂みの奥から無数の野鳥が飛び立つ……。

「喜んでお伴します」僕は夢心地で返事をした。

　平岡も参加したかったようだが、明日は奥さんとアウトレットに買い物に行く約束をしていて、娘のスイミングスクールの送迎もしなければならないということだった。

「変に張り切りすぎて、怪我をしないか心配だよ」平岡は言った。

「大丈夫だって」僕は胸を張ってみせた。「最高のイノシシを仕留めてくるから期待しててくれ」

「明け方には出発するからな」シェフは念を押した。「くれぐれも寝坊するんじゃないぞ」

＊

　数時間後に部屋のチャイムが鳴ったとき、僕はまだ布団のなかにいた。寝ぼけまなこで玄関の鍵を開けると、外には仏頂面のシェフが立っていた。

「支度は？」

「これから」

「いま起きたのか？」紺色のジャンパーを着たシェフは鼻息荒く言った。

「残念ながら」

「さっさと出てこい。このまぬけ！」

大急ぎで服を着替えて、僕は部屋を飛び出した。夜明けまえの空は薄い雲に覆われていて、気温は零度にも満たなかった。空気はぴんと張りつめ、足を踏み出すたびにざくざくと霜が音を立てた。

「クビだ」

通りで待機していたワゴン型の軽自動車に乗り込んで、まずシェフから告げられたのはその一言だった。単に寝坊に腹を立てているだけかと思ったら、他人の過去を詮索するような奴は信用できん、と言われた。さらには、クズだ、馬鹿だ、と罵られ、人格を否定するような言葉まで浴びせられた。

その、あまりのしつこさにどうにも耐えられなくなって、そこまで責めるのなら僕にも考えがあります、と言い返すと、シェフはふっと息を洩らして、言ってみろ、とつぶやいた。

「ご希望どおり退職して、他のレストランに就職します」

「おまえみたいな〝のろま〟を雇う店があると思うなよ」

「それは分からないじゃないですか。打倒〈ジョル〉で、身を粉にして働きますから。でも、秘密を洩らすつもりはないので、どうぞご心配なく」

「秘密？」

「シェフがひた隠しにしていることです」

「なんだ？」

「心当たりがありませんか？」

「あったら訊いてない」

「普段、話をしているときも、取材を受けたときも、なぜ〈ラ・プリュム〉の閉店理由を明言しないのか、どうしてその時期のことをあまりしゃべりたがらないのか、ずっと気になっていたんです。直接、訊かれることは滅多にないかもしれませんが、これは僕だけでなく、平岡も、あるいはシェフのことを知る誰もが疑問に感じていることです。それが、ポルトガルに行って、はっきりしました。グラッサさんと彼女のお母さんのことがあったから、なんですよね？」

「いかにも女に逃げられた奴が考えつきそうなことだな」シェフはくちびるの端を曲げ、吐き捨てるように言った。「昔、付き合ってた女が亡くなったからって、大事な仕事を投げ出す馬鹿がどこにいる？」

「ここに――」

「どっかの負け犬と一緒にしてもらったら困る」

「親しい人の死を悼んで人生をあらためる。これのどこがいけないことなんですか？」僕は反論した。

「だったら、東京から撤退した理由を教えてください」

シェフの運転するスズキ・エブリイは、国道二四六号線を沼津方面に向かっていた。前方を走っていた貨物トラックの排気ガスがフロントガラスにかかり、彼はハンドルを切りつつアクセルを踏み込んだ。エンジンが息切れするような音を立て、箱型の車体は小刻みに弾みつづけた。

バックミラーにちらっと目をやってから、潮時だったってことだ、と彼はつぶやいた。

「何に対して？」

「いい加減、体はガタがきていたし、精神的にも限界だった。それでも休む暇なんかない。バブル時代に上がった原価率を下げて、増えた従業員だって減らさなくちゃならん。馬鹿丸出しのテレビの取材を受けたのも、ひとえに売り上げを伸ばすためだった。ところが、そうやってこっちが四苦八苦しているあいだにも、世界の料理はどんどん先に進んでる。〈エル・ブリ〉？　エスプーマ？　真空低温調理？　他人にひけらかすような皿には興味がなかったが、どうしたって時代に取り残されてるような気分にはなった」

　そんなシェフの身に異変が起きたのは、ポルトガルから訃報が届いて三日後のことだった。朝、目が覚めると、手足の力が入らず、起きあがることさえままならなかったという。

「医者には過労だと言われた。とにかく休養が必要だと。次の日、忠告を無視して仕事に行こうとしたら、玄関先で失神した。それで糸が切れた。一週間は風邪だと嘘をついて休んだが、結局駄目だった。残務処理は店の二番手と知り合いに頼んで、ひたすら寝ていた。おかげで抱えていた計画は丸潰れで、借金だけが残った。エヴォラに行ったのは、飛行機に乗るだけの体力が戻ってからだ」

　帰国後、東京の家を引き払ったシェフは御殿場の実家に身を寄せた。脳卒中で倒れた父親の介護にあたるつもりでいたのだが、彼自身も療養生活を送っているような状態だったから、親子そろって同居している長兄家族の世話になる始末だったという。

地元の友人に誘われ、同窓会に参加したのは、ちょうどそのころのことだった。数十年ぶりに再会した級友たちはさまざまな職業に就いていたが、そのうち何人かは農業を営んでいた。家業を受け継いだ彼らの表情は一様に暗く、揃って将来を悲観していた。年々収入が減っているし、正直者が馬鹿をみるような状況では後継者も育たない。現に子どもたちは家を出て、高齢者世帯が増えている。土地を手放した人も多く、産業廃棄物が捨てられた畑もある……。

「あれに比べたら、自分はましだと思った」ハンドルに手を置いたまま、シェフは当時を振り返った。「特に同情もしなかったし、何を甘えてるんだと腹が立った。指をくわえて見てるだけなら、赤ん坊にだってできる。だから最初は手を貸すつもりもなかった。ただ、あまりにしつこいんで畑に行ってみたら、そこで育てた野菜は予想以上に出来が良かった。標高が高くて、降水量の多い場所の特徴がうまい具合に出てたんだな。それをきっかけに地元で店を出すことを考えるようになった」

「グラッサさんに会って改心したわけじゃないんですか？」

「どうしてそんな必要がある？」

「過去の良からぬ噂はいろいろと耳に入っているので」

「ふん」彼は鼻を膨らませた。「あれのおかげで、もう一度、店をやろうって気持ちになったことは事実だ。とはいえ、出店の準備に取りかかったのは、それからしばらく経ってからだな。体調が良くなって、融資の目処もついたところで、長らく放置されていた叔父の店を手に入れた」

「そのあいだは何を？」

「俺も人がいいからな。みじめな連中を放っておけなかった」

実家に戻ってから〈ジョル〉を開業するまでの期間、シェフは地元の友人たちに請われて、道の駅や物産展に出すための惣菜を作ったり、飲食店のメニュー作りに協力したり、料理教室を開いたりしていた。どれも大した稼ぎにはならなかったそうだが、それらの活動を通して得たものは大きかったという。地元の生産者と繋がりができたばかりでなく、通常なら廃棄される食材――虫食いがあったり、不揃いだったりするもの――を有効活用できないかと知恵を絞り、昔ながらの調理法を学んで、そこで得た知識をみずからの料理に応用する機会を得たからだ。その際、知った御殿場の古い方言――「切る」や「調理する」を意味する「じょる」をレストランの屋号としたのは、その後の活動が地域に根ざしたものになることへの表明でもあったのだろう。

実際、新たに開業した店では、東京時代に行っていたような食材の選り好みをやめ、近隣の農家と直接取引を行った。長雨や日照不足などで品質が下振れしたときにも価格は据え置き、農薬や化学肥料を使っていない作物、あるいは在来野菜は積極的に引き取った。沼津や小田原の漁師の協力を得て、それまで漁場で処分されていた〝雑魚〟を卸してもらうルートを作ったのもこの時期である。市場では価値がないとされる魚介をメニューに取り入れ、その味や調理法を地域の飲食店に伝えたこともあった。

食の安全や環境問題が取り沙汰されるなかで、そうした取り組みは時代が求めていたものと合致したのだろう。合理化の下、切り離されてしまった生産者と消費者の距離を近づける手立てとして、〈ジョル〉は一部のメディアや美食家から好意的に受けとめられた。

「そうなると〝重ね焼き〟の位置付けは？」僕は尋ねた。「あれだけは一年を通してコースに入れていますよね。グラッサさんに会ったことで生まれた料理だからじゃないんですか?」

シェフは鼻の横を指で掻きながら、東京の店でも〝重ね焼き〟を出したことはあったし、考案している時点では「カルネ・デ・ポルコ・ア・アレンテジャーナ」は食べたことはなかったと言った。

「では、あの組み合わせはどこから?」

「パリ時代、グラッサの母親が一度だけ作ろうとしたことがあった。そのときはアサリが手に入らなくて食べずじまいになったが、材料は書き留めてあった」

「現地でどんな作り方をしているのか調べてみなかったんですか?」

「変に真似をしても面白くないと思ったし、自由に作ってみたかった」

「つまり、あれはオリジナルだと?」

シェフは黙って運転を続けていたが、やがて観念したように息を吐いて、まるっきり新しいものを作る才能は俺にはない、と言った。「そもそも、いまの店だって順風満帆だったわけじゃない。最初は物珍しさから来店してくれた人もいたが、地元の反応は思った以上に冷たかった。こっちが営業の合間を縫って農家を手助けしたり、東京の料理人と漁師を引き合わせたりしているっていうのに、この辺の連中は面倒で金のかかることには無関心。お高くとまったフランス料理より、駅まえでラーメンを食べるほうがいいと面と向かって言われたこともある。それが新聞やら雑誌やらで話題になったとたん、役所のお偉方まですり寄ってきて、地域振興だなんだと騒ぎやがる。しかも、何が皮肉って、そういう奴らに限って〝重ね焼き〟が最高だとのたまってくれるじゃないか。季節が過ぎてコースから外すと、またあれを出してくれ、と言われた。いいか、アサリやジャガイモにも旬はあるんだぞ。通年で出すなら全国から取り寄せなくちゃならん。それじゃあ、店の理念もクソもあったもんじゃない」

「矛盾を承知で出している……。その理由があるんですね？」

シェフはすぐに返事をしなかった。

僕はシートベルトに手をやって、前方の景色を眺めた。まっすぐに伸びた車道の向こうで、東の空が白みはじめていた。山の稜線が日に照らされ、筆で引いたような曲線が宙空に浮かびあがっている。

まもなく彼は咳払いをして、飲食店としての戦略だな、と低い声で言った。「あとは、少しずつ手を加えるなかで、これほど自分を重ねられる料理はないと思ったこと」

「重ねる？」

「だって考えてみろ。ブタとアサリを一緒にする料理なんてそうあるもんじゃない。それがこのアジアの片隅で、神も仏も、正月もクリスマスも、何もかもごちゃまぜにする日本人が、フランス料理として作ってる。混合主義もいいところだ」

シェフの説明を聞きながら、僕は御殿場とエヴォラで食べた、それぞれの料理を思い出していた。どちらも材料は同じだったが、その味は似て非なるものだった。「毎朝、あれだけは自分で仕込んでいますよね？」

「それがどうした？」

「いつもどんな気持ちで作っているんですか？」

「気持ち？」言った直後に携帯が鳴り、シェフはハンドルを持ち替えた。一度はそれに出ようとしたものの、運転中であることを思い出したのか、ジャンパーのポケットに電話をしまった。わずかに顎を引いてから、いまでも出勤まえは不安になる、と彼は洩らした。「料理も、従業員のまえに出ることも、お客を迎え入れることも」

「何十年もこの仕事をしているのに？」

「慣れることと知ることは違う」再度、着信音が響いたが、それを無視してシェフは続けた。「いろいろと分かるようになったからこそ、もどかしいと感じることも多くなった。どうしてこれができない、まだ足りない、もっと良くなるはずだ……。そんなふうに考えはじめたらきりがない」

車はトンネルを抜け、片側二車線の道路を進んでいた。フェンスの向こうに河川敷が現れ、一羽のアオサギが藪のうえを滑るように飛んでいった。

「でも、あれを作っているときは余計なことは考えない」彼は言った。「ただ目のまえの作業に没頭できる」

「原点に立ち返れる？」

「たぶん、それ以上だろうな。これまで続けてきたこと、自分のなかにある全部を足しても届かないところまで行ける気がする」

*

到着した山間の駐車場には、見覚えのある車が停まっていた。シェフの運転する軽自動車が敷地に入ると、ＢＭＷのドアが開き、キャメルのコートにジーンズ、それに白のスニーカーを合わせた橘さんが姿を見せた。

「どうしたんですか？」助手席の窓を開けて、僕は大声で尋ねた。

「ひどいでしょう？」橘さんはうなだれるふりをしたが、グレーのマフラーに埋もれた顔には晴れやかな笑みが浮かんでいた。「場所を確認したくて電話したのに、ぜんぜん出てくれないし」

「運転中だったんだ」シェフはブレーキをかけて、怒鳴るように言い訳した。

　車を降りた僕が、こんなところで何をしているのかとあらためて問いかけると、橘さんはシェフから一方的に約束を変更されたのだと愚痴をこぼした。

　そう言われても、いまいち意味を摑めずにいたこちらを見て、まだ聞いてませんか、と彼女は戸惑いがちに訊いてきた。

「何をです？」

「私たちが籍を入れたこと」

「待ってください！」振り返って、僕はシェフと目を合わせた。「ほんとに入籍したんですか？」

「悪いか？」

「なんで教えてくれなかったんですか？」

「タイミングがなかったんだ」

「いくらでもありましたよ！」僕は嚙みつくように言った。「昨日、みんな揃って、何時間も話をしてたじゃないですか」

「あの場で報告しろと？」

「ええ、そうです！」そこでふと冷静になって、僕はややあらたまった口調で付け加えた。「じゃあ……まあ……一応、おめでとうございます」

「あんまり気持ちのこもってない言い方だな」

「当然です」

直後に判明したことだが、結局のところ、今回の僕の役まわりは食材の運搬係だったらしい。それというのも、この日、ふたりは茅ヶ崎に住む橘さんの叔母のもとを訪れ、結婚の報告をする予定だった。ただ、昨日の試作でイノシシを気に入ったシェフは、中伊豆の猟師に連絡を取って、新たな仕入れをお願いしていた。つまり、ここまで僕を連れてきたのは、橘さんと合流後、受け取った肉を店まで運ばせるためだったのだ。

「このままとんぼ返りするんですね」僕は肩を落とした。

「悪いな」

「途中で事故に遭っても知りませんよ」

「車に保険はかけてある」

「聞きました？」僕は橘さんに助けを求めた。「経営者として配慮が足りない発言だと思いません？」

「昨日はたらふく食べて、さんざん呑んだだろうが」

「誘ったのはそっちです」

「タダ飯食っといて、よくそんなことが言えるな」

「いまは休暇中だということをお忘れなく。それに、僕はクビになったはずですよね。それ相応の費用を請求しますけど、文句は受けつけませんから」

「この野郎……」

「店ではいつもこんなふうに働いてるの？」僕たちのやり取りを見て、橘さんは目尻に皺を寄せた。それから彼女は自分の車のドアを開け、後部座席にあった小さな紙袋をこちらに差し出してきた。

「このまえのお礼です」

　袋のなかには革製のケースがあり、ハンドルに水牛の角を使ったソムリエナイフが収められていた。僕はそれをまじまじと見ながら、橘さんに尋ねた。「いただけるんですか？」

「亡くなった父のものなんですが、芹沢さんに使ってもらおうと思って」

「もったいないんじゃないか」ミツバチのマークが付いたナイフを僕から奪い取って、シェフは不服そうに巨体を揺らした。

　そのとき、砂利を擦るような音とともに平屋の引き戸が開いた。玄関先に姿をみせたのは、肌の浅黒い、リスザルのような顔をした老人で、手にはスパイク付きの地下足袋を持っていた。

「人んちのまえで、何をごちゃごちゃやってんだ？」

「望月さん、おはようございます」

　シェフが挨拶すると、蛍光オレンジのジャンパーを着た老人は、なんだ、イワちゃんか、と言った。

「来るとは聞いてたけど、ええ早いじゃんか」

「昨日、奥様には時間をお伝えしたんですが……。すみません。朝早くから」

「なんだ、母ちゃん、それは言い忘れたな」老人はこちらを見て、顎をしゃくった。「で、これは？　まさかイワちゃんの息子ってことはねえよなあ」

「うちの従業員です」

「そっちの人は？」

「先週、結婚しまして」

「ありゃ！　嫁さんか！　信じられねえ」

　橘さんは控えめに会釈をした。

「まさかイワちゃんがこんな美人さんと一緒になるなんてなあ」望月さんは歯茎を剝き出しにした。「母ちゃんもずっと心配してたんだよ。あの人はずっと独りでどうなんだろうってさ」

　老人は夫婦の馴れ初めを知りたがったが、シェフはそれとなく話題を逸らして、贈ってもらったイノシシの礼を述べた。さらにその味が驚くほど良かったことを伝え、今年の山の様子を尋ねた。肉質に差が出るほどの違いがあるんでしょうか、と。

　望月さんによれば、数年まえにシカの群れが天城山を越えてきてからというもの、その数は徐々に増え、最近は下草から樹皮まですべて食べ尽くされてしまった場所もあるという。かといって、それがイノシシの生息域にすぐさま影響を及ぼすわけでもないようで、捕獲数も大きさも例年と比べて大きな変化はないらしい。

「せっかくここまで来たんだから、イワちゃんも罠を見にいってみるか？」

　望月さんに声をかけられると、シェフはおどけるような仕草をして、僕を肘で押し出した。「じゃあ、こいつをお願いできますか？　狩りの様子を見たいと言ってまして……。あまり役には立たないとは思いますが、好きに使っていただいて結構ですから」

　老人はこちらを見て、構わんよ、と言った。「山に入るまえに服は着替えてもらうがね」

「いいんですか？」僕は横を向いて、シェフに確認した。

「望月さんがああ言ってくださるんだから」

「私も行こうかな」

「あ？」

「便乗するようで大変恐縮なんですが」橘さんは言った。「私も見学することは可能でしょうか？」

「母ちゃんのつなぎでいいなら貸してやるよ」望月さんは返事をした。「ちょっと小さいかもしれないけど、入るんじゃねえかな」

　突然、僕たちに同行したいと言い出した橘さんを見て、シェフは文字通り目を丸くした。それは駄目だ、と大慌てで言って、あとに控えている予定を繰り返した。

だが、店で口論になったときと同様、最終的な決定権は橘さんが握っているらしく、シェフが何を言っても結果は覆らなかった。こんな時間に呼び出されたのに、私に選択の余地はないのかしら、と彼女は言った。これからは私もお店のことを知っておいたほうがいいでしょう、とも。

　困惑しきりのシェフを見て、望月さんはにやにやと笑っていた。

　結局、橘さんはシェフの車に、僕は老人の軽トラックに分乗して、朝の見まわりに向かうことになった。

　道中、僕は「くくり罠」について簡単な講義を受けた。望月さんが使用しているのは、短く切った塩化ビニールの筒と鉄パイプを組み合わせた手製のもので、動物がスチロール製の板を踏み抜いた瞬間、内部のバネが跳ねあがって、金属のロープが絡みつく作りになっているという。その際、ワイヤーが捕らえるのは脚一本であるため、獲物を仕留めるときには至近距離で相手と対峙する必要がある。

「雄のシカも角で威嚇してくるから危ねえけど、いちばん気をつけなくちゃなんねえのはやっぱりイノシシ」煙草を吸いながら、老人は言った。「牙むいて突っ込んでくるから、下手したら大怪我する」

「そのあとは？」

「ハンマーであたまを殴って、ナイフで急所を突いて、場所にもよるけど、すぐに腹を割いちゃう。相手に怖い思いさせんだもん、肉を駄目にしたら申し訳ねえから」

　落石防止用の柵の手まえに車を停め、僕たちは急な斜面を迂回して割れた岩や石の多い山のなかに入った。望月さんの説明では、猟師ひとりが使用できる罠の数は決められており、猟期中は朝晩、二十ほどある仕掛けを順番に確認しているということだった。

ただ、最初は空振りだった。次も、その次も、獲物はかかっていなかった。というより、素人目には——その都度、教えてもらっても——どれが獣道で、どこに罠が埋められているのかも分からなかった。

　傾斜のきつい坂を登り、シカによって樹皮を剝がされたという木々や動物の足跡を教わりながら新たなポイントに向かっていたとき、先導する望月さんが不意に立ちどまって、すっと身を屈めた。ちょうど山の東側に差しかかったところで、遠くでヤマバトが鳴[illegible]いた。

「どうかしました?」それまでとは異なる[illegible]動きを見[illegible]僕は後ろから声をかけた。

「しっ!」

まもなく肩で息をしている[illegible]さんが僕の隣に立って、両手を膝についた。ひとり遅れていたシェフ数分後に追いついて、望月さん、と喘ぐように言った。「まだ歩きますか?」

「イワちゃん、見てみろって。いるじゃねえか」

「どこです?」

「あそこだよ」望月さんはひとさし指をちょんちょんと動かした。「あの藪の下」

一見した限りでは、特に変わったところはなかった。それでも、老人の指差した方向に辛抱づよく目を凝らしていると、落ち葉の背景が微妙にずれ、唐突にイノシシの輪郭が浮きあがった。胴は丸々としており、尻の筋肉も盛りあがっている。望月さんによれば、若い雌で、体重は六十キロ近くあるはずだという。

「あんたらはここで待っとけ」

もちろん、望月さんの指示は聞こえていた。だが、野生のイノシシを目にしたことで、僕は完全に舞いあがっていたに違いない。気づいたときには足をまえに出していて、自分にブレーキをかけられないまま、一直線に坂を下っていた。

「おい、待て!」

老人の怒鳴り声に反応したのか、それともこちらの気配を察知したのか、地面を掘り返していたイノシシが顔をあげた。ぴんと立った耳。扁平な鼻先。硬い毛の奥のつぶらな瞳。せわしなく動く栗色の背中は、愛嬌を振り撒いているようでもある。ただ、その左前脚には金属製の縄が食い込んでいて、裂けた皮膚からおびただしい血が流れていた。

　さらに距離をつめた僕を見て、イノシシは動きを止めた。数秒の間が空いた。僕たちのあいだには親密な雰囲気さえ漂っているように感じられた。ところが、こちらがそう思ったのも束の間、イノシシは身を翻して、信じがたいほどの速度で突進してきた。脚を捕らえられていたため、実際は数メートルも進めなかったはずなのだが、鋼のロープはしなり、土埃が舞って、周囲の空気は波打つように震えた。

　その迫力に圧倒された僕は、とっさに近くの倒木に飛び乗ったものの、直進を続けた彼女の残像に膝をすくわれ、あえなくバランスを崩した。そして、次の瞬間には山の斜面を転がり落ちていた。

「イギリスかどこかに、ああやってチーズを追いかける祭りがあったよな」

「こんなときに何を言ってるの！　早く行って！」

　遠くで父と母の声が聞こえた。目を開けると、折り重なった木々の向こうに青空が見えた。岩に打ちつけた肘が痛み、くちびるは切れていたが、どうやら大怪我は免れたらしい。袖口に付いた枯葉を払って、僕は辺りの静けさに耳を澄ませた。そのまま横になっていると、冷たい土の匂いに身を包まれ、潮に運ばれるように六甲山の夜に引き戻された。

　あの日——僕がイノシシに襲われたことをきっかけに、父は篠山を訪れることを思いついた。城下町にある旅館に部屋を取って、名物のぼたん鍋を注文した。コンロにかけた土鍋からは濃厚なみその香りが立ちのぼり、ボタンの花のように盛りつけられた猪肉は煮込むほどに柔らかくなった。シュンギク、ハクサイ、ネギ、シイタケ……。他に何が入っていただろう？　母のお気に入りは〝山の芋〟で、日本酒を呑んだ父はめずらしく酔っ払っていた。愉しい夜だった。これ以上のものはないと思った。

「おい、いつまで死んだふりしてるつもりだ？」

坂のうえからざらつく声が聞こえたが、僕はそれを無視して、とろけるように甘い肉の思い出に浸っていた。鍋のある食卓には父と母がいて、向かいの席には子どもだった僕の姿があった……。

と、こちらの記憶を引き裂くように、ぬおあ、という悲鳴が頭上で響き、ぱらぱらと土砂や枯れ木が降りかかってきた。間髪入れず、黒い壁が顔のまえを通り過ぎ、胸を圧迫して、腹を押しつぶした。

突然の呼吸困難に見舞われて、僕はパニックに陥った。手足をばたつかせて、どうにかそれを撥ねのけようとしたものの、斜面をなだれ落ちてきた巨大な塊は捕らえどころがなく、ひとりでは抱えきれないほど重かった。

短い沈黙のあとで、僕を下敷きにした巨漢の主はまくし立てるように悪態をついた。「この大馬鹿野郎が！　おまえがちんたらしてるから、こっちまで道連れになっただろうが」

いかにも不機嫌そうな男の声によって、父と母の面影は掻き消され、騒がしい日常の風景が取って代わった。昨日、バックヤードで酒を呑み、馬鹿騒ぎをしていた自分の姿が目に浮かんだ。といっても、それは決して不快なものでなく、舌に刻まれたあの肉の味とともに、いずれは還るかもしれない景色だった。

「おまえ、さっき変な顔してたぞ。にやつきやがって気持ち悪い。打ちどころが悪くて、あたまが変になったか?」

「あば、ら、が」僕はきれぎれに訴えた。「折れ、そう、です」

陸に打ちあげられた魚のようにぱくぱくと口を動かすこちらを見て、彼は腹を抱えて笑った。いつも通り鼻を膨らませて、怪我をしたって明日はたっぷり働いてもらうからな、と言った。

営業再開までにやるべき仕事は大量にあり、僕の割り当ても多かった。この場でそれを告げられたのだから、車内での解雇通告は白紙になったと考えていいのだろう。明日も店の一員でいられると知って、止まっていた血液が流れ出すような、それでいてめまいを起こしそうな感覚があった。満席の店内や張りつめた厨房の空気がよみがえり、自然と胸がつまりそうになる。胸がつまる……?

ふと我に返って、僕はあわてて腕を突き出した。すでに呼吸は限界で、言葉を発することさえままならない。ところがどれだけ力を込めてみても、僕のうえに鎮座した男は微動だにせず、必死に息継ぎするこちらを面白がって眺めているようだった。

まもなく彼は、木々の隙間から射す陽を振りあおぎ、咳をするように肩を震わせた。静まり返った山の斜面に、低く、野太い笑い声が響き渡る。

背骨が軋むほどの振動に耐えながら、僕はじたばたと暴れ、必死に身をよじった。高笑いをつづける相手を押しのけるため、もう一度、いや、何度でも悪あがきをするつもりだった。

引用文献

『フランス料理と批評の歴史』八木尚子（中央公論新社、二〇一〇）
『月刊専門料理』二〇一五年三月号「フランス・巨匠からのメッセージ　アラン・パッサール（アルページュ）」（柴田書店）
『フランス語ことわざ用法辞典』調佳智雄、ジャン＝マリ・ルールム（大学書林、一九九五）

参考文献

『ラ・ブランシュ　田代和久のフランス料理』田代和久（柴田書店、二〇一三）
『料理狂』木村俊（幻冬舎、二〇一七）
『調理場という戦場』斉須政雄（幻冬舎、二〇〇六）
『「北島亭」のフランス料理』大本幸子（日本放送出版協会、二〇〇三）
『基本をきわめるフランス料理』三谷青吾（柴田書店、二〇〇八）
『ジビエ・バイブル』川崎誠也他（ナツメ社、二〇一六）川手寛康氏、手島純也氏のレシピより
『フランス料理を築いた人びと』辻静雄（中央公論新社、二〇〇四）
『レストラン・サービスの哲学』アンドレ・ソレール、大澤隆訳（白水社、二〇一二）
『私、山の猟師になりました。』三好かやの（誠文堂新光社、二〇一六）
『美味しいマイナー魚介図鑑』藤原昌高（マイナビ、二〇一五）
『月刊専門料理』二〇一五年九月号「『日本料理　龍吟』山本征治の仕事（6）」
『専門料理』二〇一五年一二月号「料理人の視点、科学者の視点2『アイデア』をデザインする」
川崎寛也農学博士と長谷川在祐氏（傳）の対談より
『専門料理』二〇一六年四～七月号「科学と料理の50年　川崎寛也」
『専門料理』二〇一七年二、三月号「フランス　地方を巡る旅　6つのレストラン、6つの物語
アレクサンドル・ブルダス（SaQuaNa）」

謝辞

フランス料理の歴史、調理技法、またレストランのサービスについて、多くの知識と情報をフランス料理店〈La Lune〉の永田敬一郎氏、香奈子氏からご教示いただきました。心より感謝いたします。

あさぎり

真っ黒に日焼けした、痩せた女の子が、いつからか店のまえに立っている。少しだけ背伸びをして、両手をドアに押しつけているのは、まだ明かりのついていない売り場の様子を窺っているからだろうか。息がかかるくらいガラスに顔を近づけて、落ち着きなく左右に目をやっている。

どうしたの？

カウンターを隔てた奥の調理場から呼びかけてみたものの、見たところ、小学校五、六年生くらいの女の子はドアのまえから動かない。濡れた手をエプロンで拭きながらこちらが売り場に出ていくと、黄色いＴシャツにデニムのスカート姿の彼女は、一瞬、驚いた表情をしたあとで、一歩さがって、小さく口を動かした。

え、何よ？　聞こえない。ラジオのＦＭ放送と調理場の換気扇に邪魔されて、相手の声がよく聞き取れなかった。そこで、まだ電源を入れていなかった自動ドアを押し開けて、わたしは扉の隙間から顔を出した。

お弁当って買えますか？　女の子はさらに下がって、こちらを見た。

ああ、お弁当……。

特段めずらしいことを訊かれたわけでもないのに、そのときのわたしは梅雨時期のむっとする空気に煽られたせいか、ところどころ跳ねたり、ほつれたりしている彼女の髪に自分のよく知る人物を重ねてしまったせいか、とっさに返事をすることができなかった。

駄目なら、いいです。

後ずさりする彼女を引きとめて、わたしは売り場に貼られたメニューを指さした。ものによっては時間がかかるけど、何がいいの？

注文を受けたあと、調理場に戻って、たまねぎとピーマン、それに味噌だれに漬けてあった豚肉を炒めているあいだ――さらには弁当用のパックに炊きあがったばかりのごはんを盛りつけているときにも――わたしはちらちらと売り場に目をやって、違う、やっぱり思い過ごしだ、と胸のなかで繰り返していた。薄いくちびるも、長い手足も、猫背気味なところも、確かに田代とよく似ていたけれど、だからといってそっくりというわけでもない。

はい、お待たせしました。

こちらが出来上がった弁当をカウンターに並べると、売り場の丸椅子に座っていた女の子は立ちあがって、四つ折りにした一万円札を差し出してきた。

じゃあ、これがお釣りで、こっちが十円引きのサービス券。なくさないようにちゃんとしまって。

万が一、この子が田代の妹だったら、どんなふうに答えるのだろう。興味というよりは、ここで確かめておかなければいけないという気持ちに駆られて、あんまり見かけないけど、うちの店に来るのは初めて、と訊いてみると、彼女は戸惑ったような素振りをしながら、そうですけど、と返事をした。そして、それ以上は何も言わず、弁当の入ったレジ袋を片手にさげて、逃げるように外に出ていった。通りを歩きだす直前、一度だけこちらを振り向いて、かくんとあたまをさげて。

呆然とそのうしろ姿を見送ってから、ふと目を横にやったとき、朝いちばんに磨いたはずの自動ドアがうっすら汚れていることに気づいた。透明なガラスの真ん中には、女の子の手や指のあとが残されていて、午前のひかりを受け、白く、ぼんやりと浮きあがっていた。

地元の公立中学校に通っていた田代瑞希と知り合ったのは一九九九年の夏、その年から市内の学校でも始まったという課外授業で、彼女を店で預かったことがきっかけだった。といっても、わたしは彼女を、いや、そもそも中学生の受け入れに積極的だったわけではない。

娘たちも通った近所の中学校から、夏休みの数日間、生徒に仕事をさせてほしい、という電話があったときにも、その後、郵送されてきた校長名義の依頼状と「勤労留学における実施要項」なるものを読んでも、困惑する気持ちのほうが強かった。正直、迷惑に感じたといってもいい。書面にあるような、子どもたちが「働くことの喜びや苦労、厳しさを体験する」と同時に「地元を知り」、「挨拶や礼儀といった社会におけるマナーを学ぶ」ことに反対するつもりはなかったけれど、ただでさえあわただしい昼の時間帯に、まだ仕事をすることの意味が飲み込めていない、家の手伝いさえろくにしたことのない中学生の面倒をみる気には到底なれなかったのだ。あと何年かしたら嫌でもお金を稼がなければならないのだから、子どもは子どもらしく勉強をしたり、グラウンドを駆けまわったりしていたほうがいい……。そう思って、同封されていた回答書には断りの一文を添え、返送するつもりでいた。

　ところが、その学校で理科の教師をしているという男友だちから事前に相談を受けていた娘は、俄然やる気になっていて、こちらの知らぬ間に先方に承諾する旨を伝えていたらしい。後日、調理場の奥の座敷でそれを聞かされたときには、あんた、自分の立場ってもんが分かってないんじゃないの、とわたしは声を荒げずにはいられなかった。

　いちいち怒んないでよ、こっちは良いことをしようと思ってるんだから。首まわりのゆるい長袖のTシャツにだぶだぶのスウェットパンツというだらしない格好をした娘は、いかにも面倒くさそうに反論して、お母さんくらいの歳の人はさあ、と付け加えた。五十も過ぎて、あたまが硬くなってきてるから分かんないかもしれないけど、昔と違っていまってなかなか就職できないわけ。だから、最近は学校の授業で早いうちから自分のやりたいことを見つけられるようにしてるんだって。

　昔だって仕事がない人はたくさんいたわよ。自分が年寄り扱いされたことに、また、こちらを説得するために理科の教師に仕込まれてきたのだろう、もっともらしい言葉を並べたてる娘の口ぶりに腹が立って、だったら考えてみなさいよ、とわたしは言い返した。中学生がうちに来て、包丁で指を切ったり、やけどでもしたりしたら、どうするのよ。これ以上、余計な心配したくないの、わたしは……。

　大丈夫だって。その辺の掃除でもさせとけばいいんだから。娘は平然と言って、金色に染めた髪を手で搔きあげた。商店街のほうでも協力しましょうって言ってるみたいだし、うちもたまには地元に貢献しないと。

貢献？　娘の口から思いも寄らぬ言葉が飛び出したことに驚いて、わたしは目を丸くした。どうしたのよ、急に。

別に。普通にそう思うだけ。お母さんもいい歳なんだから、ちょっとはそういうことも考えてよ。

こうやって毎日お店を開けてるだけでじゅうぶん貢献してるじゃない。もっと褒められたっていいくらいよ。駅まえなんてどこも店じまいしちゃって、この辺でまともなお弁当を買えるところなんて他にないんだから。

昨日、銀行でアヤのお母さんに会ったけど、やるって言ってたよ。ケーキ屋は行きたがる子が多いみたいで、学年主任の先生からどうしてもってお願いされたって。

そりゃ、そうでしょうよ。わたしはうなずいて、大げさにため息を吐いてみせた。地味な弁当屋に行かされるより、お菓子作りができたほうが楽しいに決まってるもの。だから、やりたくないって言ってるんじゃない。それに万が一、料理人になりたいなんて子がうちに来たらどうするのよ。がっかりされたって責任取れないわよ。

それならそれでいいんだって。自信たっぷりに言いきって、娘は長々とあくびをした。仕事なんてがっかりして当然なんだから。ねえ、わたしがちゃんと面倒みるから。

自分の子どもだってろくに見てやれないくせに、また適当なこと言って。半ば口から出かかった文句をこちらが呑み込むと、娘はそれを了解のしるしと受け取ったのか、じゃあ、そういうことで、と言い残して、ばたばたと階段をあがっていった。

長女のゆきえが、もうじき四歳になる子どもを連れて御殿場に戻ってきたのは、その前年の十二月半ばで、そもそもの始まりからして危うかった娘の結婚生活は、国道沿いのファミリー・レストランで副店長を務める夫を裾野市のアパートに残し、こちらで新年を迎えるにいたって、いよいよ暗礁に乗りあげたようだった。

　名古屋の短大を卒業後、岡崎市の機械メーカーに就職した次女のなおと違って、地元の高校を出たあともゆきえは、これ以上勉強なんかしたくない、と大学はおろか、専門学校にも進学せず、かといって身を入れて就職活動もしないまま、ゴルフ場のレストランでウェイトレスをしたり、ドラッグストアでレジ打ちのアルバイトをしたり、保養所の受付をしたりしながら、だらだらと数年を過ごしていた。ただ、そうやって定期的にバイト先を替えるなかでも、それなりに付き合いはあったのだろう。目の下にくっきりした隈のある、口数の少ない男性を初めて家に連れてきたときには、娘はすでに妊娠していて、相手が二十歳になったばかりだと知って驚くわたしに、この人と結婚するから、とさらりと言ってのけた。

　反対するつもりはないけれど、せめて式くらいは挙げてほしい、亡くなったお父さんも楽しみにしていたから……。急な報告に戸惑いながらも、こちらが条件を出すと、娘はいかにも気乗りしない様子で、それってお金かかるでしょ、と答え、必要なものだけ段ボール箱に詰めこんで、あっさり家から出ていってしまった。

　子どもを産んでからも、梨の礫といったらいいのか、ゆきえはめったに連絡を寄越さず、孫の様子が気になるこちらをやきもきさせたが、それから何年もしないうちに、やっぱりわたしが間違ってた、お母さんの言うことをちゃんと聞いておけばよかった、と泣きついてきたときには、胸のなかにわだかまっていた不安がいよいよ具体的なかたちとなった気がして、落ち着かなくなった。ほら見なさい、言わんこっちゃない、と得意がって言えるはずもなく、ため息まじりに娘をなだめすかして、出戻ることを許したのは、留守がちで、たとえ家にいても寝てばかりいる若い父親と、そんな夫をせっつき、気に入らないことがあると家事も育児もいっさいが駄目になってしまう母親のあいだに挟まれて、幼い孫娘が窮屈な思いをしていないかが気になっていたからだ。

　実際、孫のさつきは相手の反応を妙に気にするところがあって、時折、朝食まえにぐずることを別にすれば、こちらが心配になるくらい聞き分けが良かった。売り場でままごとをしていても、ひとたびお客さんが姿を見せると、すっとカウンターの奥に隠れて、口をつぐんでしまう。あるとき、火のそばで遊んではいけない、と少しきつめに注意したことがあったのだけれど、それ以降は律儀に言いつけを守って、ガス台には近づかず、どうしても我慢ができない場合に限って、おばあちゃん、さつきもそっち行っていい、と柱の陰から弱々しい声を出した。

　父親譲りのくるくるとしたくせ毛の下、怯えた表情でそんなふうにたずねられてしまうと、夫婦仲がうまくいっていないことにかこつけて、連日、友人たちと飲みに出かけるゆきえが腹立たしく思えて仕方なかったし、もとを正せば、娘を甘やかして育てた自分にも責任があることに思いあたって、つくづく情けない気持ちにさせられた。

結局、梅雨明けまもない時期に制服姿の中学生が三人、こちらに挨拶に来たことで、七月下旬の五日間、彼らを店で引き受けざるを得なくなった。顔ぶれは、長身で丸刈り、吹奏楽部でホルンを吹いているという長田君と、背が低く、にきび面の横山君。そして、常に男の子たちと距離を取っていた、髪の長いほっそりした女の子――陸上部に所属している田代の三人だった。

受け入れに先立って、店の「責任者」である娘とはいくつかの約束をした。まず、中学生が来ているあいだは、必ず店に出ること。たとえ友だちから連絡があっても持ち場を離れてはいけないし、安易にわたしやパートのリナさんに頼ってはいけない。そのためにも可能な限り事前に立てたスケジュールに沿って作業を進め、包丁を持つとき、揚げものをするとき、炒めものをするときには細心の注意を払って、絶対に怪我だけはさせないようにすること。さらに万が一、お客さんに失礼があった場合は、その時点で受け入れを中止にするかもしれないこと。何より、相手が中学生であることを肝に銘じて、最後まで責任を持って面倒を見ること。

いい？　ちゃんと覚えておきなさいよ。こちらが念を押すたびにゆきえは顔をしかめて、だから分かったって、と返事をしていたが、いざ当日を迎えてみると、嫌な予感が的中したというべきか、子どもたちが訪ねてくる時刻になっても、二階の自室から出てこなかった。

ちょっと、いい加減にしなさいよ。乱暴にドアを叩き、怒鳴りつけてみても、前日の夕方に出かけたきり、明け方まで戻ってこなかった娘は、ベッドのなかで寝返りを打つばかりで一向に起きあがる気配がなかった。

自分勝手にもほどがあるわね。

呆れ果てて調理場に戻り、奥の座敷でテレビを観ているさつきのために麦茶を入れていると、でも店長、とこちらのぼやきを聞いていたリナさんが、調理場からたどたどしい口調で言ってきた。ゆきえさん、いまはすごく悲しいじゃないですか、旦那さんと別れて。

だからって寝坊してもいいってわけじゃないでしょう?　わたしは戸口でサンダルを脱いで、アニメの再放送に見入っているさつきにコップを手渡した。自分で中学生の面倒みるって言ったんだから。だいたい、この子を連れて戻ってきたときだってそうだったのよ。店を手伝わせてほしいなんて調子のいいことを言ってたくせに、実際は何にもしないんだから。甘えてるだけなの、あの子は。

でも、ゆきえさん、とってもかわいそうですよ。火にかけた中華鍋を見ながら、リナさんはあくまで娘の肩を持つようなことを言って、汗の滲んだ顔をくしゃくしゃにした。そして、それについてわたしが反論するまえに、店長、いらっしゃいました、と声を弾ませた。みなさん、とってもかわいいです。

ナスの揚がる、香ばしい匂いのするなか、店の外に目を向けると、出入り口のまえには夏服姿の中学生が立っていた。

そんなところにいないで、入って、入って。

こちらの手招きにしたがって、三人はおずおずと売り場に入ってきて、順番にあたまをさげた。

はい、いらっしゃい。えっと……。

中学生を迎えいれてみたものの、肝心の娘はまだ起きてこなかった。

あんまりいじくりまわさないで、そのまんま出したほうがおいしいに決まってるさ。かなえさんもそう思うら？

結婚を機に勤めていた病院を辞め、夫の実家の弁当屋を手伝うようになって半年ほど過ぎたころ——だから、いまから三十年近くまえになるのだが——ふとした折に姑にそんなふうに訊かれて、ひどく戸惑った憶えがある。当時のわたしは、看護の経験からお客さんとのやり取りだけはどうにかなっていたものの、調理場に立つたびに同じ失敗を繰り返して夫を呆れさせたり、包丁の切り違えやあかぎれで絆創膏だらけになった指先を気にして、独りふさぎ込んだりしているようだったから、恐らく、姑にしたところでまともな答えを期待していたわけではなかったはずだ。にもかかわらず、その後も事あるごとに似たような質問をしてきたのは、五十代も半ばを過ぎてあらたに始めることになった仕事に実は姑自身迷いがあり、同時に、店のやり方をめぐって絶えず衝突していた息子と折り合いをつけたいと思っていたからではなかったか。

事実、夫と姑はほんとうによく喧嘩をした。決して広くはない家のなかで、些細な行き違いをきっかけに口論が始まり、ときにそれが激しい怒鳴り合いになることもあったから、嫁いだ当初は困惑させられることもしばしばだった。

月に一度は惣菜のメニューを更新するといって物珍しい外国産の食材を使い、手間と材料費のかさむスープやソース作りに熱中した夫と、激しい口調でそれを咎めた姑……。また素っ頓狂なもの作りやがって、八百屋のせがれのくせして情けない。うるせえよ、こっちはばあさんの食うもんなんか作ってねえんだよ。それが家のなかに限ったことであれば、こちらもどうにか我慢できたものの、お客さんが来ている最中に奥から金切り声が聞こえてきたときには、恥ずかしいを通り越して泣きたい気分にさせられた。

自分がどちらかにつくと喧嘩がいっそうこじれる恐れがあったから、ふたりのまえで立場を明らかにしたことはなかったけれど、わたしも胸の裡では現実に即した姑の考え方に賛成だった。この店に来てくれるお客さんの大半は屋外で作業をしている人たちなのだから、惣菜の味つけは濃いめで、量は多く、お米に合うものがいい。好奇心が強く、常に流行を追いかけていなければ気が済まない夫が作る料理には、ときに感心させられることはあったとはいえ、現実問題として富士山のふもとの田舎町で弁当屋を成り立たせていくことを考えると、残念ながらあまりあてになるものではなかった。

生前の姑は、店の将来を危惧していたのか、あるいは「そろばんひとつ弾けない」息子と一緒になったこちらを不憫に思ったのか、かなえさんも大変なときに来ちゃっただよ、となぐさめてくれることもあった。

彼女に言わせれば、大学を中退して実家に戻ってきた息子が、戦後、祖父母の代に始めた八百屋をレストランにしたいと言ったとき、もっと強く反対していたら、慣れない仕事に追われなくて済んだということだった。駅まえにスーパーができてからというもの、売り上げが落ちたことを気にして、また、東京での生活をあきらめて帰ってきた息子が少しでも元気になればという気持ちから改修を認めてしまったけれど、あれが失敗の始まりだった、と。

唯一の救いは、店がレストランではなく、弁当屋になったことで、こんなちっぽけな建物でもいろいろ変えるには結構な費用がかかると知って、あの子があきらめてくれたからこっちは助かったわけ、と彼女は丸い顔をしわくちゃにした。そうじゃなかったら、どんだけ借金が増えたか分かんないよ。
日本酒が好きで、晩酌後、ほろ酔い加減で湯船に浸かることも多かった姑は、ゆきえが生まれる前日の夜、風呂場で心筋梗塞の発作を起こして、あっという間に逝ってしまった。それゆえ、娘たちは「おばあちゃん」のことを写真でしか知らないはずなのだが、あれから長い年月が過ぎて、子どもたちが調理場に立つようになると、かつて夫を苛立たせた姑の教えが知らぬ間に伝わっていて、どきりとさせられることが度々あった。

ゆきえにしても、なおにしても、包丁を手にしたときの立ち姿から、野菜を煮炊きするときの醤油のさし加減まで、どこか姑と似たところがある。父親が作る、洋風とも和風ともいえない、手の込んだ料理を子どもたちが毛嫌いしたのは、わたしが口やかましく夫を非難していたことが影響しているにしても、どうしてその手つきまで大正生まれのおばあちゃんに似てしまったのか。脂っこいものよりも素朴な味つけを好んだのも同じで、食事どきになると、ほうれん草のごま和えや揚げ出し豆腐のあんかけといった、店の売れ残りをテーブルに並べ、テレビから目を離さずに箸を口に運んでいるところもまた、義理の母にそっくりだった。

折にふれて思い出す姑の仕草や口癖を、その夏、とりわけよく意識したのは、あまり頼りにならないと思っていたゆきえが――受け入れ初日に寝坊をして昼まで起きてこなかったのだから、信用は地に落ちたようなものだった――ノートとペンを手にした中学生を相手に、日々の業務について説明する姿を見かけたからでもある。職場体験をする子どもたちにはそれぞれ、訪問先について調べてくるという課題が出ており、娘はその質問に応えるかたちで話をしていたようなのだが、店の経営方針から地域での役割、さらには仕事の意義といったことまで、三十年近く働いているわたしでさえきちんと考えたことのない事柄を滞りなく語っていたのは意外というほかなかった。

そんなの当たり前だって思うかもしれないけど、と調理場の隅で娘は中学生たちに話しかけた。お客さんが来てくれるから、私たちは食べていけるわけ。分かる？　みんなが思ってるより、お金を稼ぐのって大変。じゃあ、お弁当とかお惣菜とかをたくさん売るためにはどうしたらいいか？　いろいろ方法はあるんだけど、私たちがいちばん気をつけてるのは季節ごとに違うおかずを出すこと。で、ここに来たらごはんはどうにかなるって思ってもらえるようにすること。大切なのはこっちがどうしたいかじゃなくて、お客さんがどう感じるか。だから、みんなも売り場に出るときはきちんとして。ふざけてたら本気でパンチするからね。いい？

カウンターでのやり取りから、調理器具や揚げ物用のフライヤーの使い方にいたるまで、二時間にも及んだ娘の講義は、時折、笑い声が洩れてくることもあったから、なごやかな雰囲気で行われていたのだろう。休憩を挟んで、エプロンをした中学生が最後に行ったのは洗い物で、わたしがフライパンに油を馴染ませている横で、ゆきえは子どもたちを流しのまえに立たせ、男の子たちには食器洗い用のスポンジを、その隣に立った女の子には乾いたふきんを渡して、はい、スタート、と声をかけた。

ねえ、皿ってどっちから持つの？

嘘でしょ。それ、本気で言ってんの？

どれから始めたらいいのか分からなくて。

娘は、恐るおそる手を動かしはじめた男の子たちに注意を与え、ときにはみずからスポンジを持って、手本を披露してみせた。ほら、ちゃんと見て。お皿は裏まで洗って、泡が残らないようにきちんと流す。分かった？

金色の髪に黒いミニスカート、耳にはいくつものピアスという派手な外見とは裏腹に、その教え方はいたって丁寧で、男の子たちも素直に指示を聞いているようだった。これなら大丈夫かもしれない、男の子たちのぎこちない手つきを見ながら、わたしはひそかに笑みを浮かべていた。

初日の晩にきつく叱った甲斐があったというべきか、二日目以降、ゆきえは寝坊しなかった。ただ、今度は中学生が遅刻をした。十分、十五分の遅れではあったけれど、男の子のひとり、横山君が時間どおりに店に来なかった。どうしたのだろうと心配していると、横山君は別段急ぐでもなく売り場に入ってきて、挨拶もそこそこに紺色の通学バッグを座敷に放り投げた。集合時間を過ぎていることをゆきえが注意しても、寝癖のついたあたまを指で引っ掻くだけ。そもそも自分が注意されているという認識がないらしく、娘がしゃべり終わるや否や、長田君のそばまで駆けていって、おまえ、何してんの、と見るからに自分より大きな相手に体当たりした。

うるせえなあ、暑いんだからどっか行けよ。

長田君にあしらわれると、今度はそそくさとこちらに戻ってきて、何したらいいですか、と悪びれるでもなく訊いてきた。仕事したいのに、僕だけやることないんですけど、と。そうかと思えば、近くにいた女の子を一瞥して、ビンボー田代のくせに何かやってるし、と悪口を言い、あれよりレベルの高いことをしたい、と的外れな注文までしてくる始末だった。

レベルっていってもねえ、こちらが呆れていると、それまで黙っていた女の子が顔をあげ、死ねよ、チビ、と言い返した。ゾンビは墓で寝てろ……。

夕方、子どもたちが帰ったあとで、最近の中学生って根は真面目なんだけど、いまいちよく分かんないわねえ、とわたしがぼやくと、座敷でさつきに牛乳を飲ませていたゆきえは、そんなのいまに始まったことじゃないでしょ、とつまらなそうに返事をした。

あんたが中学生のころは、もうちょっと単純だった気がするんだけど。

じゃあ、これは？

ちょうどそのとき、テレビのニュースでは四月下旬にアメリカのコロラド州で起こった銃乱射事件を取りあげていて、山のように積みあげられた花束のまえで泣いている高校生の映像に続いて、警察署長とおぼしき人の会見の様子が映し出されていた。

こんなのに比べたら、うちに来てる子なんて可愛らしいもんだって。

まあ、どんな子も昔は可愛かったって思いたいわね。

わたしも学校行ってたころは、何だっけ……、あの子、横山君みたいによく遅刻したし。

あんたなんて飲んでばっかりだから、最近はまえより朝が駄目になったじゃない。

違うって、昨日はたまたま。メグミの車で山中湖まで行って、ファミレスでしゃべってたら遅くなったの。だから、お酒は飲んでません。

娘の言い訳を聞き流して、ポットのお湯を急須に注ごうとしたとき、鼻の下に白いひげをつけたさつきが、みずきちゃん、あしたも来る、と訊いてきた。

瑞希ちゃん？　ああ、中学生のこと……。日中、二階にいたはずのさつきがどうして名前を知っているのだろうと不思議に思っていると、あの子、今日もお昼持ってきてなかったんだよね、と剝げかかったマニキュアを気にしていたゆきえが教えてくれた。

それで、この子と一緒でも良ければって二階に呼んだら、すごい、ばくばく食べてさ。

事前の取り決めでは、中学生たちは各自、昼食を用意することになっていた。だが、受け入れ初日はそれが保護者に伝わっていなかったのか、男の子ふたりが母親手作りのお弁当を持参しているのに対して、田代瑞希は何も持ってきていなかった。そのときは、たまたま気づいたリナさんが声をかけ、この年代の女の子らしく、体重を気にしたり、カロリー制限をしたりしているわけではないことを確認してから、ちょうど注文が入ったからあげ弁当を余分に作って渡すことにしたのだが、部屋には長田君と横山君がいた手まえ、すんなりそれをあげていいものかどうか迷わないわけでもなかった。きちんと決まりを守っている彼らにしてみれば、私たちが田代を優遇しているように見えてもおかしくはない。依怙贔屓してる、そんなふうにこちらが陰口を叩かれるだけならまだしも、私たちが気遣ったことで、彼女が肩身の狭い思いをしないかが心配だった。

だったらお金をもらえばいいんだって。そうすればお母さんもいろいろ気にしなくて済むわけだし、タダで食べれて当然だって思われるのも悔しいじゃん。

初日の夜にはそう言っていたゆきえも、実際に中学生が部屋の隅にうずくまっている姿を目にしてしまうと放っておけなかったようで、結局は自分たちと同じものを食べさせたというのだから頼りにならなかった。

迎えた翌朝、ゆきえの指示を受けた男の子たちが歩道の掃除を始めるのを見計らって、わたしは売り場に田代を呼び寄せ、今日はお弁当持ってきた、と声をかけた。

長いこと押し黙っていたあと、彼女が口にしたのは、忘れました、という一言で、それきりあとが続かなかった。理由を訊いても返事はなく、お母さんは知ってるの、と質問を変えても反応がない。責めているつもりはなかったとはいえ、箸を手にした男の子たちがちらちらと視線を向けてきたので、これじゃあ、おばさんがいじめてるみたいじゃない、とため息を吐いて、その場は切りあげることにした。今日は仕方ないけど、明日はぜったい持ってきて、と付け加えて。

ただ、その時点では、わたしも、娘も、田代が昼食を持ってこないことをさほど深刻に受けとめていなかった。現に、午後になって三人の担任だという女の先生が店を訪ねてきたときには、朝に田代を注意したことも忘れて、みんなよくやってくれています、と報告した。

そうですよね。良かったです。三人とも将来は料理の仕事をしたいって言っていたので、この夏休みは貴重な体験ができたと思うんです。

ファンデーションにしても、目もとにしても、口紅にしても、厚塗りしているおかげで、かえって幼い顔立ちが目立っていた二十代前半の教師は、きんきんと甲高い声でそんなことを言ってから、レジのまえに子どもたちを立たせたり、調理台の近くで包丁を持たせたりして、その姿を熱心にカメラに収めていった。

何なの、あれ。このくそ暑いのに馬鹿みたいにスーツなんか着ちゃって……。普通、学校の先生が香水の匂いをぷんぷんさせてくる?

売り場で中学生とともに写真用のポーズを求められたゆきえは、次の受け入れ先に向かうという担任が表に出るなり文句を言ったが、梅雨どきにはやり取りしていたはずの理科教師との関係はすでに解消したのか、はたまた彼とうまくいかなかった原因を若い女の先生に押しつけようとしていたのか、これだから学校の人間って嫌いなんだよね、とうらめしそうに付け加えた。

子どものまえでみっともないことを言うんじゃないの。あわててわたしが注意すると、娘はぷいと横を向いて、ふて腐れた顔をした。

だって、あいつ、ぜったい男を誘ってるって……。

見当外れなゆきえの言いがかりは、どうやら中学生たちの耳にも届いていたようだ。男の子ふたりが揃ってきょとんとしていた横で、ひとり田代だけは鼻の下にこぶしを当てて、ゆるんだ口もとを隠していた。

三人のうち、もっとも仕事に積極的だったのは坊主頭の長田君で、他のふたりが、いらっしゃいませ、と、ありがとうございました、という基本的な挨拶もままならないなか、唯一彼だけは——カウンターに立つたびにワイシャツの背中がぐっしょり濡れてしまうほどの大汗をかきながらも——伝票の書き方から簡単なレジの操作、そして出来あがった弁当を袋に入れてお客さんに手渡すといったことまで、こちらの指示を待たなくてもこなせるようになった。

一方、同じ男の子でも横山君は集中力が続かないたちのようで、手も洗わずに生の豚肉に触ろうとしたり、ラジオで流れている曲に合わせてレジのなかの硬貨をじゃらじゃらと掻き混ぜたり、いまの、誰それんとこのおばさんだったら、と長田君に知らせにいったりと、とにかく落ち着きがなかった。小学校低学年、というのが横山君に対する私たちの評価で、彼が表に立つときにはとりわけ注意が必要だった。

受け入れ四日目の朝、田代がレジのお金を盗ったときもそうだった。横山君は本来の持ち場であるはずのカウンターを離れ、ふらふらと調理場までやってきて、そこのちびっこいの、お豆、とゆきえに怒鳴られていた。

あんた、自分がいま何してるか忘れてんじゃないの？　調子に乗ってると、いい加減引っぱたくよ。

ひとりカウンターに残される格好となった田代は、たぶん、そんなやり取りに聞き耳をたてながらレジを開けたのだろう。仕切り越しにわたしが売り場に目をやったときには、すでにレジは閉まりかけていて、お札を握りしめた彼女の左手が制服の下に引っ込もうとしていた。

あの子、やたら落ち着きないよ。わたしが言ったこと、ぜんぜん聞かないもん。ああいうのが大人になると思うと、ほんと心配。

憮然とした表情で言ってきたゆきえのそばに歩み寄って、わたしは腕を引っ張った。

何？　どうしたの？

これからわたしが言うことを、落ち着いて、冷静に聞いてほしいの。

眉をひそめた相手を調理場の隅に連れていって、わたしはついさっき目にしたことを慎重に話した。

そして、予想どおりいきり立ったゆきえをその場に押しとどめて、もしかしたら見間違いかもしれないから、と声を低めた。私たちがお昼を持ってくるようにしつこく言ったせいで、魔が差したのかもしれないじゃない。

けれども、あたまに血がのぼってしまった娘は、こちらの意見など一向に気に留めない様子で、いいよ、そんなの、と突っぱねて、売り場に向かいかけた。理由なんかどうでもいい。とりあえず締めて、そのあと警察に連れてくから。

　駄目よ、そんなことしたら。

なんで？

その瞬間、小学生時代の娘たちの記憶とほっそりした田代のうしろ姿が、唐突にあたまのなかで重なった。あんた、自分が万引きしたときのこと、忘れちゃったの？

　万引き？

忠実屋のなかの本屋さんであんたたちが補導されて、わたしとお父さんが迎えにいったこと、憶えてないの？

たずねたこちらでさえ、どうしてそんな昔のことを思い出したのか説明がつかないのだから、突然それを聞かされた娘はいっそう虚をつかれた格好となったようだ。え、なんで、と洩らしたあと、ゆきえはぽかんと口を開けた。

　あのとき、本屋のおじさんにも、おまわりさんにも、わたしとお父さんにも怒られて、あんたもなおもずっと泣いてたでしょう？　クラスでも噂になって、それがいちばん恥ずかしかったって言ってたじゃない。だから、あの子をかばうつもりはないけど、学校とか警察とかには連絡したくないし、男の子たちにも知られないようにしたいのよ。明日でうちに来るのもおしまいなんだから。

最初は怪訝な顔をしていたゆきえも、ようやくこちらの言わんとすることを理解したらしく、大きく首を振って、ため息を吐いた。わたしだって憶えてるよ。忘れてない。わたしがどうしても『あさりちゃん』が読みたいって言って、なおのTシャツに無理矢理隠したから。いまでもなおには悪いことしたって思ってる……。

残念ながら、田代のスカートのポケットには千円札が入っていた。座敷に呼び寄せ、レジからお金を取るところを見ていたとわたしが告げると、彼女はあっさりと自分の非を認めて、それ以降は何をたずねても口を利かなくなった。きっと、かつての娘たちもこれと似たような態度でいたのだろう。被害に遭ったのはこちらであるはずなのに、いくら話しかけても相手の反応が薄いから、自分がひどく理不尽なことをしているような気持ちになる。どうしてこんな煩わしい思いをしなくてはいけないのか、そんな疑問が浮かんでしまったが最後、すべてが馬鹿らしく感じられて仕方がなかった。しかも、こうしたやり取りにかかずらわっているあいだ、通常の業務は放ったらかしだ。幸い、この日はリナさんが昼まえに出勤してくれていたので調理場の作業が滞ることはなかったものの、いつまでもゆきえと男の子たちをカウンターに立たせておくわけにもいかなかった。

分かった。何にも教えてくれないんだったら、おばさんが家まで行って、お母さんかお父さんに話してみるけど、それでもいい？

問題がこの場だけで収まるものではないことを示すため、あえてわたしは踏み込んだ言い方をした。

ところが、目のまえに立った田代は床を見つめたまま、身じろぎひとつしなかった。

じゃあ、帰りに一緒に家まで行くから。ほんとうにそれでいいのね？

念入りに確認したうえで、表情を変えない彼女とそんな約束をしたのだが、それによって一日を重い気分で過ごしたのは、むしろ私たちのほうだった。現に、カウンターに戻った田代は、それまでと変わらぬ調子で接客をこなし、昼休みにはリナさんが用意したビーフカレーを食べて、午後は男の子たちとともに茹でたじゃがいもの皮を剝いたり、唐揚げにした鯵をマリネ液のなかに浸したりして、夕方までの時間を過ごした。そして、一日のスケジュールを終え、外に出ようとしたところを呼びとめたときにも、わずかに首を傾げるだけで、朝に起きたことなどまるで憶えていないようだった。

ほんとに行くの？　エプロンを外したこちらを見て、ゆきえが小声で言った。

あの子にそうするって言っちゃったもの。

でも、面倒くさくない？

もちろん、わたしとしても朝の一件は忘れて、何事もなかったふりをしたかった。わざわざ自宅に押し掛けて、彼女の母親や父親と会ったところで、お互い不快な思いをするだけだろう。とはいえ、そうやって面倒を避けていては、大人として、中学生の指導を任された立場として、面目を保てない気がした。

大丈夫よ。言いながら、わたしは座敷の戸棚から車のキーを取り出して、娘に笑いかけた。行って、軽く話してくるだけだから。そのあいだ、こっちをお願いしていい？

いいけど……。娘はそれでもまだ腑に落ちない様子で、何か、ごめん、とめずらしく謝ってきた。こんなことになるなんて思ってなかったから。

店から商店街の裏手にある月極駐車場まで、だいたい二、三分。そこから田代の自宅まで、車で十分ほどの道のりだったろうか。わたしのあたまのなかでは当時の記憶がごちゃまぜになっていて、移動中、目にしたはずの景色がすっぽりと抜け落ち、田代と交わした会話も曖昧になっている。

自宅に向かうにあたって、当然、彼女から住所を聞いたはずだし、なぜこんな古い車に乗っているのかと訊かれて、夫が事故に遭ったときの話をした憶えもある。早朝、沼津の魚市場に買い出しにいった帰りに、後続の車に追突されたのだと。酔っぱらいの運転する大型トラックに押しつぶされて、大破してしまった車は処分するほかなかったけれど、青果市場に行くにも、仕出しの配達をするにしても、ワゴン型の軽自動車がいちばん使い勝手が良かったので、ちょうど中古で出ていた同じ型のものを購入した、と。

いや、そんな打ち明け話をしたのは、彼女の家に行ったあと、ふたたび日の暮れかけた駐車場に戻ってきてからで、窓の外をにらみつけていた相手にこちらが一方的にしゃべっただけかもしれない。

いずれにせよあの日、わたしは田代とともに化粧品工場のそばにある古めかしい市営住宅を訪ねたのだが、人気のない県道をわきに逸れ、等間隔に十棟ほどの平屋が並んだ、雑草だらけの区画に入っていったときには、自分でも気づかぬうちに肩に力が入っていた。

ここ、と言って彼女が指さしたのは、庭にビデオデッキとステレオ、それに週刊誌の束が野ざらしにされている家屋で、わたしはブレーキを踏み込んで、建物の様子を窺った。

いま、お母さんがいるの？

こちらの問いかけには答えないまま、彼女はドアを開け、外に出ていった。

ちょっと待って。

あわてて追いかけたわたしが玄関先に立ったときにはすでに、田代はドアを開けていて、生ぬるい空気とともに焦げたソースと煙草、それに澱んだ下水の臭いが漂ってきた。同時に、狭いたたきのすぐ向こう、散らかった六畳間で焼きそばを食べていた男が面倒くさそうに振り返った。

何だそれ……。変なもん連れてくんじゃねえよ。

ぶっきらぼうにつぶやいた男は三十代半ばといったところで、目は吊りあがり、顎の先だけ髭を伸ばして、縮れた髪をあたまのうしろでまとめていた。襟まわりのたるんだ黒いTシャツを着ていて、下は短パン。折り曲げた足だけがほっそりと白く、だらしなく突き出た腹と不釣り合いに見えた。

男は、小声で話しかけた田代に、知らねえよ、金だったらケイコに頼めよ、おれだってねえもん、と言い返すと、こちらに顔を向けて、そこ閉めてよ、おばさん、と吐き捨てるように言った。蚊が入ってくることくらい分かるら？

その瞬間、男の肩越しに床に置かれたテレビが見え、水着姿の女の子たちがプールに浮かんだ発泡スチロールの台のうえを走っては落ち、落ちては走りを繰り返している映像が目に飛び込んできた。

ていうか、帰ってよ。男は不満げに息を吐いて、言葉を重ねた。おれ、いまメシ食ってんの、おばさんに付き合ってるほど暇じゃねえさ。

そのころには、こちらもある程度は状況を把握できるようになっていたので、奥歯を噛みしめ、ちょっと、いいですか、と反論した。職場体験でお宅のお子さんを――

うるせえって、おばさん、こちらが最後まで言い終えないうちに、男は怒声をあげ、田代を手招きしたかと思うと、手首をしならせ、彼女の下腹部をこぶしで打ちつけた。おれがこの時間にメシ食うってことくらい分かるら？

んあ、という悲鳴を洩らしたあと、田代はすとんとその場に膝をついて、うずくまった。

泣くとかいいから、さっさとこのおばさんどっかに連れてけって。

突然のことにあたまが真っ白になりながらも、わたしは這うようにして彼女に近づき、肩を抱いて、玄関まで引っ張っていった。

何なんですか、あなたは。泣いている田代を片手で支えながら、わたしは必死に声を絞り出した。瑞希さんに何てことするんですか。動かないで。それ以上動いたら、警察呼びます、警察呼びます……。

こちらの剣幕に圧倒されたのか、やぎ髭の男は少しのあいだ目を丸くしていたものの、すぐに吹きだして、何だ、このばばあ、ほんとやべえら、と表情を崩した。

いつもこんなことをしてるんですか。父親として恥ずかしくないんですか。怯まずこちらが問いただすと、男は煙草の箱に手を伸ばして、おれは親じゃねえって、と苦笑した。じゃあ、誰なんですか、あなたは。

うるせえな、普通にしゃべれば分かるって。男は足もとにあったライターを拾って煙草に火をつけ、少しのあいだ黙っていたが、にらみつけているわたしと目を合わせて、おれはこれの母親に遊ばしてもらってるだけ、だから親じゃねえし、文句があるなら他で言ってえ、と付け加えた。

だからってこんな……。

こちらが言葉を詰まらせたところで、男はにっと笑って、ゆっくり煙を吐きだした。もうちっと女だったら使えるけど、これじゃあ、まだ駄目だら。小便くせえもん。言いながら男は顎に手をやり、長い髭をしごいて、わたしと田代をためつすがめつした。欠けた前歯が見え、細く剃った眉の下で、小ぶりの目がこちらの足もとから顔まで上がっていくのが分かった。おれ、もしかしたら、おばさんのほうがいけるかもしんねえよ。

来なさい。

そう言うが早いか、わたしは田代の手を取って車まで引っ張っていき、急いでその場を離れたのだけれど、目についた道路をやみくもに進んでいただけで、行き先が決まっていたわけではなかった。ぐるぐると十五分近く市内を走りまわったのち、ようやく一息つけたのは公民館のわきにある空き地で、ハンドブレーキを引いて、わたしは隣の相手に目をやった。

大丈夫？

田代は助手席の窓にあたまを凭せかけたまま、きつくくちびるを嚙みしめていた。片方の手がお腹に添えられていて、時折、みぞおちのあたりをさすっている。

病院で診てもらおうか？

首を振る彼女を見て、わたしはそっとアクセルを踏み込んだ。向かった先は、結婚する以前、何十年もまえに勤めていた、市街地の外れにある病院だった。二十分ほどかかって到着したかつての職場の駐車場で、わたしはあらためて田代に診察を勧めた。ところが、彼女は力なく肩をすくめるだけで、いつもこんなふうに暴力を振るわれているの、という問いかけにも似たような仕草を繰り返すばかりだった。

だったらどうして……。わたしは腰をひねって、助手席の相手をじっと見た。

わたしのせい。田代は洟をすすって、消え入るような声でつぶやいた。わたしが店長を連れていったから。

それからどれくらいのあいだ、私たちはその駐車場にいただろう。日が傾くにつれ、車の数は減っていき、診療の受付も閉まって、ふと辺りを見渡せば、最後の一台となっていた。気を紛らわすつもりで窓を開けると、湿った風に乗って朽ちた草木の匂いが流れ込んできた。奥の雑木林でヒグラシが鳴いていて、近くのアスファルトには病棟の影が伸びている。

お店に帰ろうか？

田代は赤くなった目をあげ、胸のまえのシートベルトを握りしめた。はい、という返事が聞こえたときには、わたしはすでに車を発進させていて、西陽の射す通りを見つめながらゆっくりハンドルを切っていた。

フィリピン出身で、日本人の夫を持つリナさんが私たちのもとで働くようになったのは、交通事故の後遺症で長く苦しんでいた夫がみずから命を絶った翌年、専業主婦をしている友人やそのまた知り合いの助けを借りて、半年ぶりに店を再開してからだった。多いときには三、四人の女ともだちが交代で仕事を手伝ってくれていたものの、何より店主であるわたしが家族以外の人と作業をすることに不慣れだったこともあり、些細な指示をめぐってぎくしゃくしてしまったり、思うように勤務時間を調整してあげられなかったりで、ひとり、またひとりと友人たちが離れていった時期でもあった。すでにそのころには娘たちは家を出ていたし、車で十五分ほどの距離にある実家に応援を頼むにしても、父は亡くなり、母もまたせわしない立ち仕事に耐えられるだけの体力を持ち合わせていなかったから、店の存続のためには新たなパートさんを探さなければならなかった。

そんな折、相談に乗ってくれたのが、夫の親戚筋にあたり、姑とも仲の良かった千恵子ママで、言葉もできるし、頑張る子だから試しに会ってちょうだいよ、とリナさんを紹介してくれたのだった。聞けば、以前は千恵子ママがオーナーを務めるパブで働いていたそうで、お客さんとの結婚を機に家庭に入っていたという。だけど、このあいだダイエーでばったり会ったら、仕事がしたいなんて言いだすもんだから、こっちも困っちゃってねえ。家のこともあるから、うちみたいなところよりも、お弁当を売ってたほうが間違いないって、わたしなんか思うわけ……。

一九八〇年代後半から九〇年代にかけてのいわゆるバブル時代、根も葉もない地上げの噂に惑わされて私たち夫婦が弱っていたときにも、その後、夫を亡くしたわたしが日々を茫然と過ごしていた時期にも、何かと世話を焼いてくれた千恵子ママの紹介ということもあって、とりあえずは会う約束をしてみたものの、相手がフィリピン出身だと聞いて、実を言えば不安がないわけではなかった。というのも、たまに何をどう間違ってそういうことになるのか、外国からの登山客が店に来ることがあるのだけれど、英語の苦手なわたしは狼狽するばかりで、まともにやり取りできた試しがなかったからだ。スプーンはあるか、水は買えるか、私たちは富士山に登るのだ、その程度の会話でさえ苦労している自分が、外国から来た人に惣菜作りを教えられるとは思えなかった。

適当な理由をつけて断るつもりでいた面接は、しかし、リナさんがこちらの心配を忘れさせるくらいおしゃべりだったことと、彼女が時折つかえたり、たどたどしくなったりしながら、自分の名前や経歴についてきちんと丁寧に説明してくれたことで――たとえば、「リナ」というのはあくまでニックネームで、正式にはカテリーナという名とフィリピン人の父親の家族名、それに結婚相手の日本の名字が続くらしい――採用に向けて話を進めることになった。

年齢的にわたしのひとまわり下の彼女は、子どもはおらず、自宅から店まで自転車で通勤できるという。茶色く、張りのある肌や、たっぷりとボリュームのある胸、大きな瞳とそれに負けないくらい主張の強い鼻など、外見的な特徴を挙げれば確かに日本人とは違っていたけれど、けらけらとよく笑うリナさんと一緒にいると、国籍がどこであるかといったことはすぐに忘れてしまった。また、これはそのあと、実際に店に来てもらうようになってから気づいたことなのだが、彼女は事の善し悪しにかかわらず、思ったことは何でも口にするところがあった。店長、これは何ですか、そうですか、でもわたし、むずかしいです。ためらうことなく意見を主張し、疑問はその場で解決してしまうから、手先が器用とはいえないながらも呑み込みは早く、仕事も丁寧だった。

屈託がなく、いつでも率直な物言いをするリナさんは、出戻ったゆきえともすぐに打ち解け、熱心にさつきの面倒をみてくれた。そのせいか、彼女がパートに来ているときには娘も店を手伝うことが多く、ときにはふたりでカウンターに立って、ああでもない、こうでもない、と男の人の話をしていることもあった。

私たちにはお母さんみたいな幸せな人には分からない、深い悩みがあるの……。仕事のあと、リナさんと連れ立って飲みに出かけることもめずらしくなかったゆきえは、ほろ酔い加減で帰宅すると、決まってそんなふうに言い訳して、自分たちがいかに辛い立場におかれているかを強調した。

実際、リナさんもまた、夫の鈴木さんや同居している義理のご両親との関係がうまくいっていなかったようで、出勤日以外にも店に現れ、夜までの時間をこちらで過ごしていくことがあった。

おしゃべりなゆきえによれば、夫婦仲が拗れてしまった理由は、市役所勤めの鈴木さんが長かった独身時代に癖になったクラブやスナック通いをあらためられなかったこと、それに加えて、あくまで息子の肩を持った義理の父親が——女のわたしからすれば、暴力的に思えるのだけれど——子どもに恵まれない原因をリナさんに押しつけたことにあった。姑とも思うように意思の疎通が図れず、徐々に孤立していくなかで、それでも彼女が離婚に踏み切らなかったのは、もうひとつの家族、つまりフィリピンに残してきた親や兄弟のことが引っかかっていたからなのだろう。

九年まえ、興行ビザで日本に来たときから、リナさんは稼いだ給料の何割かを実家に送りつづけていた。ただ、鈴木さんと結婚したことで、マニラの親戚の期待はいっそう高まり、その結果、彼女は小遣いをやりくりしたり、貯金を切り崩したりして、ときには独身時代よりも多くの額を送金しなければならなくなった。

お父さんも、お兄さんも、仕事しないですよ。みんな、お金、お金。喧嘩、喧嘩。とっても悲しいです……。人なつこい笑顔の裏で、こちらの想像がつかないような苦労をしてきたに違いない。ゆきえと飲みにいって、ほろ酔い加減で店に帰ってきたときなど、リナさんはそんなふうにぼやいて、寂しそうな笑みを浮かべることもあった。そして、日曜日の礼拝で顔を合わせるフィリピン人の友人の助けを借り、実家と折り合いをつけたあとには、パートの時間をもっと増やしてほしいと言ってきた。わたし、もっと働きますから、と。

もっとも、普段のリナさんは悩みなどひとつもないような顔をして、常連のお客さんにからかわれたり、さつきと追いかけっこをしたりして、大きな口を開けて笑ってばかりいた。リナさんがいるのといないのとでは売り場の雰囲気はまるで違ったし、かれこれ十五年以上の付き合いがある精肉の卸売り業者さんに、まえより店が明るくなった、と言われたのも、彼女がこちらで働くようになってからだった。

店長は、日本人のお母さんです。わたし、フィリピン人のお母さんですから。いつからかリナさんは冗談めかしてそんな言い方をするようになり、わたしとゆきえが喧嘩をして、家のなかが険悪になるたびに、ですけど店長、私たち、家族ですから、と自分もそこに含めたうえで、場を和ませてくれた。

怒るはいけません、スマイルしてください。

彼女にそう言われてしまうと、わたしも娘もそれ以上口論を続けるわけにはいかず、ぎこちない笑みを浮かべて、いったんは怒りを鎮めなければならなかった。

あの夏の日、田代を連れてわたしが店に戻ったときもそうだった。調理場で矢継ぎ早に質問してくるゆきえと、何をどのように説明していいか分からず、困惑していたこちらの横で、リナさんは売り場に立ち尽くしていた田代の手を取り、一緒に食べましょうよ、元気になりますから、と奥で食事をするよう勧めてくれたのだった。

カレー、ハンバーグ、ぎょうざ、いちばん好きは何ですか？　リナさんは部屋の隅に座った田代にそんな質問をしてから、いそいそと表に出てきて、店長、とにこやかに言った。ハンバーグいいですか？

あの子が食べるって言ったの？

違いますよ。でも、みなさん、ハンバーグ好きじゃないですか。

リナさんはいたってまじめな口調で答えると、冷蔵庫から小分けにしてあったハンバーグ種を取り出して、熱したフライパンで焼きはじめた。ちりちりという油の跳ねる音とともに肉の焼ける香ばしい匂いがして、それまで険しい顔をしていたゆきえも肩の力を抜いて、こっちまでお腹が減ってきたんだけど、とため息を洩らした。

肉に火が通ったところで、リナさんはそれを皿に盛りつけ、デミグラスソースをかけて、ポテトサラダや水菜のサラダといった惣菜とともに奥の部屋に持っていった。

食べてください、瑞希さん、食べてください。

リナさんにせき立てられて、田代は箸でハンバーグを切り分けたが、それを口に運んだ瞬間、そうですよ、おいしいじゃないですか、と横から歓声があがって、いくぶんばつの悪そうな顔をした。

黙ってその様子を見ていたゆきえも、缶ビールを手に座敷に移動し、田代の向かいに腰をおろした。

言いたくなかったらいいんだけどさ、今日、家にいたのってお母さんの彼氏？

たぶん。田代は口を動かしながら、小さくうなずいた。頬を伝った涙のあとはすでに消え、まぶたの腫れも引いているように見えた。

お父さんは？

ちょっと、そんなこと訊くんじゃないの。

娘の不躾な質問を聞いて、わたしは割って入った。けれども、こちらが言い終わらないうちに田代は、いまは横浜にいます、と返事をした。離婚したあと、妹を連れておじいちゃんの家に行ったんで。

お母さんの彼氏って何してる人？

代行って言ってました。

ああ、運転代行か。ゆきえは言い直して、納得した顔をした。だから昼間は家にいるわけね。何ていう会社？

ホクスンとか。

そこで娘はいったん田代から目を離して、テーブルの下に潜り込んでいたさつきに、そろそろ『ラッシー』始まるけど観ないでいいの、と声をかけた。さつきはテレビのチャンネルを替えると、畳のうえをころころとこちらに転がってきて、戸口に立っていたわたしの手を取り、座敷に引っ張っていった。

じゃあ、いつからその男と住んでるの？

去年の夏くらいからです。

そっか、一年か。それって結構きついよね。ゆきえは片手で缶を開けて、泡立ったビールを静かにあおった。大丈夫？　変な事されてない？

あんた、いい加減にしなさいよ。何を言いだすかと思ったらそんな……。

だが、ゆきえはこちらの注意を受け流して、今日はどうしようか、とあとを続けた。お母さんに連絡がつくようなら、こっちから話してもいいけどね。女の子殴るようなやつがいるところに帰すわけにもいかないし。何なら、ここに泊まる？

ちょっと待ちなさいって。わたしは扇風機の電源を入れ、テーブルの下のうちわに手を伸ばした。夏の盛りにも朝晩には気温の落ち込む御殿場にしてはめずらしく蒸し暑い夜で、いつもよりたくさんの人が集まっているせいか、じっとしていても息がつまった。あんたはいつからそんなに図々しくなったのよ。よその家のことを、ずけずけと……。

店長、怒るは駄目です。こちらの語気が荒くなったことを気にして、リナさんがおどけた声を出した。スマイルしてください。

お母さんは余計なことを気にしすぎなんだって。周りが口出さないと、こういうことってその家だけの秘密になっちゃうじゃん。いいの？　またこの子が叩かれたりしても。

もう少し訊き方を考えなさいって言ってるのよ、わたしは。

何言ってんの、こんなときに。

親が仕事でいないときは——

口論になりかけていた私たちをさえぎって、田代が表情を変えずに話しだした。あの人、普通に触ってくるから。お風呂に入るところを写真とかビデオとかで撮らせてほしいって。顔が映らないようにすれば、絶対ばれないし、売れるからって。

売れる……。そう口にするのがやっとで、次の言葉が出てこなかった。呆然とうちわを持った手を動かしていると、さつきがこちらの膝にあたまを乗せて、ねえ、ラッシーってふつうの犬より走るの速い、と訊いてきた。お父さんより速い？

そうねえ、早いかもしれないわねえ。汗ばんだ孫の背中を扇いでやりながら、わたしは顔をあげて田代のほうを見た。お母さんはそのこと知ってるの？

馬鹿じゃないの。言えるわけないじゃん、そんなこと。

ゆきえの乱暴な口調に気圧されて、そうね、そうよね、とわたしは繰り返した。扇風機が首を振る音の合間に、すいっちょん、という虫の鳴き声が響いて、まもなくそれも聞こえなくなった。

でも、大丈夫です。あの人、家だとすごい威張ってるけど、外に出たらたいしたことないんで。田代は片方の手のひらを頬に当て、中指で耳の穴をふさぐような仕草をした。まえに会社から電話がかかってきたときも、すごいびくびくしてたし、自分以外の男はみんな消えてほしいって本気で言ってるくらいだから。

ぜんぜん大丈夫じゃないって。ゆきえは早口に言った。お母さんは？　お母さんもそいつに暴力ふるわれてるんじゃないの？

うちの親は馬鹿だから。顔をあげて、田代は断言した。いつも謝るだけで何にも考えてないと思う。

わたしがいろいろされてることも、たぶん知ってて何も言わない。何も言えない。

お母さんはどこで働いてるんだっけ？

箱根。仙石原の旅館にいます。それから田代は壁の時計に目をやって、この時間だと、まだ向こうにいるかも、と言い添えた。

馬鹿でも、頼りにならなくても、連絡ぐらいはしとかないとね。そう言ってゆきえは立ちあがり、調理場から電話の子機を持ってきた。はい、じゃあ、お母さん。

え？

こういうのはやっぱり歳がいってる人のほうが説得力あるでしょ。

このとき、内心どこかで娘を頼りにしていたことは否定できない。だからこそ電話を差し出されても、すぐには反応できなかったし、半ばからかわれているような気持ちになって、わたしがするの、と訊き返してしまったのだ。

もしかして緊張してるとか……。やめてよ、お母さん、もういい歳なんだから。

いちいち歳がどうとか言うんじゃないの。うちわを振りまわして、わたしは抗議した。急に言われたって、そんな……。

嫌なら、わたしがかけるけど。

わたし、電話しますよ。困惑しているこちらを見かねたのだろう、黙ってやり取りを見ていたリナさんが名乗り出てくれた。わたし、何を言うでしょうか。

だったら、さつきもしたい。

ああ、もう分かった、分かったわよ。わたしがするから。すればいいんでしょう……。

ほどなくして繋がった電話は、電波の入りが悪く、耳障りな雑音とともにあっけなく途切れてしまった。あらためてかけてみたときにも電波状況は芳しいものではなかったが、今度はざらざらとした音の合間に、どなたですか、という女性の声が聞こえてきた。最初、いかにも警戒するように返事をしていた相手は、わたしが自分の名前と立場を告げ、店で起きたことを説明すると、とたんに黙り込んで、それ以降は何をたずねても、すみません、と繰り返すばかりとなった。

ちょっと、何やってんの？　すごい苛々する。

なかなか話が進まないことにゆきえは不満を募らせたが、こちらとしても好きでそんな会話を続けていたわけではなかった。いま瑞希さんはうちにいるんですけど、とわたしは受話器越しに語りかけた。これから迎えにきていただくか、それができないようであれば――

ところが、いよいよ本題というところで、仕事に戻るのでごめんなさい、という一言とともに通話は途絶え、あわててかけ直しても、留守電のメッセージに切り替わって、それきり応答はなかった。

駄目みたい。

わたしが戸惑いながら顔をあげると、ちょうど目が合った田代が、あの人に期待しても無駄だから、と低い声でつぶやいた。いつも男の言いなりで、わたしのことなんかひとつも考えてない。

その日は結局、田代はうちに泊まることになった。ちょうど下の娘の部屋が空いていたので、物置き代わりになっていた六畳間を片付け、下着や寝間着はゆきえに用意させることにした。

風呂からあがった田代を二階に案内すると、彼女はさっと部屋を見まわしてから、ベッドに腰をおろし、濡れた髪をタオルで拭きはじめた。

ちょっと散らかってるけど、今日はこれで我慢してね。こちらが声をかけても、田代の反応は乏しく、言ったことが聞こえているのかいないのかも分からなかった。

ねえ、あの子、大丈夫だと思う？

下におりて、座敷で雑誌を読んでいたゆきえにたずねると、え、別に平気でしょ、という答えが返ってきた。さっき、さつきが寝るまえに、これ使ってってレースのついた紫のパンツを渡したんだけど、びっくりしてて可愛かったよ。やっぱり中学生なんだって思った。

あんたって子は、まったく……。わたしは額に手を当てて、首を振った。

だって、おろしてないのってあれしかなかったから。それより、お母さんこそどうなの？　すごい疲れた顔してるけど。

わたしはいいのよ。こんなの寝れば治るんだから。それより学校に電話したほうがいいと思う？

あれ、騒ぎを大きくしたくないんじゃなかったっけ？　ゆきえは指でおでこを掻いて、目を細めるような仕草をした。

外の通りでは数台のバイクがエンジンをふかしていて、けたたましい排気音が家のなかにまで響いてきた。

まあ、明日になったら母親から電話があるんじゃないの。ゆきえはあくびをしながら言った。子どもが帰ってこなかったら少しは心配するでしょ。それにあの子も馬鹿じゃなさそうだし。

そう？

たぶん。私たちよりずっと賢い。

翌朝、わたしが一階に下りたときには田代はすでに起きていて、調理場の隅で背伸びをして、鍋やフライパンをしげしげと眺めていた。

おはよう、早いのね。わたしが声をかけると、彼女は向き直って、小さくうなずいた。ちょっと待っててね。いま、ごはんの支度するから。

昨夜、リナさんが作ったハンバーグ以外にもそれなりの量を食べていたにもかかわらず、朝食の席についた田代は食欲旺盛で、出し巻き、肉じゃが、きゅうりとくらげの中華風サラダ、なす味噌炒めといった前日の残りをおかずにごはんを何度もお代わりした挙げ句、オレンジやキウイといった果物以外は、こちらの用意したものをあらかた食べ尽くして、ばたばたと二階にあがっていった。

育ち盛りっていったってねえ……。

感心しているわたしが皿を片付け終えないうちに、制服に着替えた田代が階段を駆けおりてきて、手早く歯を磨いたかと思うと、髪をまとめて、調理場の隅に脱ぎ捨ててあった運動靴を履きはじめた。

あら、出かけるの？

ナイロンの鞄を肩にかけた田代は、一瞬、ためらうような表情を浮かべてから、いつも遅刻してくる横山君はともかくとして、長田君が来るまえに店の外に出て、集合時間まで「待っているふり」をしたいのだと早口に言った。ここに泊まったことが知られて、学校で噂をされても嫌だから、と。

中学生って案外気を遣うからね。ようやく起きてきたゆきえは、田代が外に出ていることを知ると、鏡のまえで顔のむくみを確かめながらつぶやいた。

あんたもそうだった？

家が店をやってるのが恥ずかしいことはあったかな。

しがない弁当屋で悪かったわね。

おかげでいまは食べるのにも困らないわけだし、仕事だってあるんだから文句は言えないでしょ。

合計五日間にわたった職場体験は、その日の午後をもって終了となった。すべての日程を終えてこちらもほっとしたところがあり、帰り際、ねぎらいの意味も込めて、自分たちが揚げたメンチカツやクリームコロッケを子どもたちに持たせることにした。ところが、男の子たちは、あっちい、とか、ソースほしいな、とか言いながらその場で揚げ物を全部食べてしまったばかりか、ズボンの尻で指を拭いて、ゆきえの怒りを買った。

家に持って帰れって言ってんのに……。ほら、汚いからティッシュ使いなって。

腰に手をあてたゆきえが、男の子たちに向かってあれこれ注意するのもこれでおしまいなのだと思うと、それはそれで残念な気がしたし、リナさんもまた明日から中学生が来ないことを名残惜しく感じているらしく、もう終わりですか、まだじゃないですか、とつぶやいていた。

今度はお客さんとして来てちょうだいね。

男の子たちとともに外に出て、ふたりを見送ってから売り場に戻ると、さっきまで「帰るふり」をしていた田代はさつきに追いかけられ、スカートをまくられて、笑いながら逃げ惑っていた。

　市の職員である加藤さんとの付き合いが始まったのは、中学生の職場体験が終わった数日後、八月に入ってまもなくのことだった。最初はあのやぎ髭の男から田代を守らなくてはいけないという使命感から、その後は箱根の旅館で仲居をしている母親と連絡がつかないことから、彼女をこちらに泊まらせていたものの、いつまでこの状態を続けるべきか、私たち親子のあいだでも意見が割れはじめたころだった。

　どんな事情があるにせよ、親の承諾もなく、よその子を預かっていていいはずがない、せめて学校には伝えるべきだと主張したわたしと、店に顔を出した担任の教師によほど悪い印象があるのか、あんなのに言ったってどうせみんなに知れ渡るだけでしょ、とこちらの不安を煽るような言い方をした娘。思いがけず深入りすることになったとはいえ、すでに私たちの手に負えない状態になりかけていたのは事実で、そんなとき、わたしは市の広報誌に目を留め、冊子の終わりに載っていた「各種相談窓口」に、匿名で問い合わせることを思いついたのだった。

　ゆきえの留守を狙って電話をしてみると、「18歳未満の子どもに関するすべての相談」を受けているのは児童福祉課だということで、担当の部署にまわされたあと、かすれ声の女性に、どうされましたか、と問いかけられた。

　どうかしたのか……？　電話をかけるまえにあらかじめ言うべきことは用意していたはずなのに、相談員の加藤と申します、という一言を聞いたとたん、あたまのなかが真っ白になって、次の言葉が出てこなかった。

大丈夫ですよ。落ち着いて、ゆっくりお話ししてください。

聞き上手というのは、たぶん、こういう人のことを言うのだろう。加藤さんは前後関係があやふやなうえに、部分的にぼかしてあったこちらの説明を何の疑いもなく聞き入れ、一緒になって——あるいはそう思わせながら——状況の整理に努めてくれた。おかげで、電話をかけるまえには複雑極まりないと思っていた田代の話も、いざ順序立てて話してみると拍子抜けするくらいあっさりしたものになってしまって、あとには今後の対応だけが残る格好となった。

できれば早いうちにお会いしたいのですが、いかがでしょうか?

促されるまま、事前の心づもりを破って名前と連絡先を伝えたところ、彼女はその日の夕方には店に足を運んでくれた。

カウンター越しに対面した加藤さんは、事前のやり取りから想像していた通り、物腰の柔らかい、落ち着いた雰囲気の人で、白いシャツに細身のグレーのパンツ、それに黒のローファーという控えめな服装も好感が持てた。ただ、その白髪まじりのあたまにどうしても目がいってしまって、名刺を手にした彼女と向かい合っていると、この人は一体いくつなのかと余計なことを考えずにはいられなかった。肌は若々しく、目尻の皺も目立っていないのに、白い髪の色だけ浮いている……。そんなこちらの視線に気づいたのか、彼女は恐縮して、すみません、見苦しくて、とあたまをさげた。みっともないですよね。

いえ、そういうつもりじゃなくて……。大げさに首を振って、どうにかその場は取り繕ってみたものの、彼女を奥に通して、座敷でテレビを観ていた田代と三人で話しはじめてからも、恥ずかしいような、申し訳ないような気持ちがなかなか消えず、全身から汗が噴き出してきた。

中学生の職場体験について、電話の説明では足りなかった部分を確認したあとで、現状、何より気がかりなのは、ご家族と連絡が取れなくなっていることです、と加藤さんは切り出した。一時保護の手続きに入るためにも、少しでも早く田代さんのお母さんと面会する必要があります。

一時保護？

ええ、やはり今回のケースでは——

加藤さんが説明しようとしたところで、わたしは控えめに提案した。もし彼女が嫌じゃなかったら、家のほうが落ち着くまで、ここにいるってわけにいきません？

こちらで、ですか？

こんなことになったのは、やっぱりわたしのせいでしょう？　このまま知らんぷりするのも気持ちが悪くて。

結局、本人の希望を尊重して——そして原因の一端が自分にあるというこちらの意見を聞き入れるかたちで——加藤さんは上司に掛け合い、田代が店に留まれるよう便宜を図ってくれた。とはいえ、規則と慣例を重視する役所にあって、そうした調整は簡単なものではなかったようで、加藤さんは田代と面談したあと、調理場の隅で長いこと電話をかけていた。それが済んだところで田代の自宅の住所と母親の電話番号をメモ帳に控え、また連絡させていただきます、と言い残して、あわただしく店を出ていった。

普通はこうじゃないって。加藤さんがいなくなると、終始うつむいて畳の縁を爪で引っ掻いていた田代は、不満げに洩らした。進んで預かってくれる人なんてめったにいないんだから、もっと感謝しないと駄目だって。

何よ、それ。

あの白髪の人が言ってた。

加藤さんが？

信じてくれないならいい。そこで田代は一拍おいて、あの人、わたしと同じくらいの年からだんだん髪が白くなったんだって、とつぶやいた。

え？

まだ三十まえなのに恥ずかしいって言ってた。

そう……。

売り場が混み合いはじめたこともあって、そのときは勝手に市役所に連絡したことを田代に詫びてから仕事に戻ったのだけれど、翌日の昼になって、たったいま母親との面会を終えました、という報告が相談室からあったときには、やっぱり専門家に任せて正解だった、と肩の荷が少しだけおりた気がした。

夕方、再度電話をかけてきてくれた加藤さんの話では、あのやぎ髭の男は、交際相手の娘に日常的に暴力を振るっていた、そればかりか、その姿を強制的に撮影していたという事実を市の職員が把握していると知って、ビデオカメラやパソコンといった機材一式、それに衣類などを車に積み込み、相談員の制止を振り切って家を出ていってしまったという。その際、一緒にいた田代の母親もかなり取り乱していた、と。

そうやって経過を説明してくれたうえで、田代さんが家に帰りたいといったときには知らせていただけますか、と加藤さんは付け加えた。今後、いつ状況が変わるか分かりませんが、とりあえずは帰宅できるようになりましたので……。

それをそのまま田代に伝えると、彼女が返事をするまえに、勝手に何やってんの、とゆきえが苛立ちをあらわにした。すぐそばには色えんぴつでスケッチブックに絵を描いていたさつきがいたにもかかわらず、何かあったら、お母さん、責任取れるわけ、と娘は興奮した面持ちでまくしたてた。だいたい、そのロリコン男が帰ってきたらどうすんの？

それはそうだけど、ずっとここにいるってわけにもいかないじゃない。

二十四時間、誰かが見張っててくれるとかならまだ分かるけど、そういうこともしないで、もう大丈夫です、帰るときには教えてくださいって、適当すぎるでしょ。ねえ、ちょっとリナさんも何か言ってやってえ。

電話が鳴るたびにわたしが調理場を離れてしまったため、その間、ひとりで作業をしてくれていたリナさんは、唐突に話題を振られて困ったように返事をした。瑞希さん、ここにいたら楽しいじゃないですか。

ほら、聞いた？　相談員だかなんだか知らないけど、そんなやつの言うことを真に受けたって、こっちが嫌な思いするだけだって。まえにさつきのことで役所に手続きに行ったときもそうだったもん。

退職金のことしかあたまにありませんって感じのおっさんが出てきて、やたら感じが悪くてさあ。

市の職員があいだに入ったと知ってゆきえは激しい拒否反応を示したが、わたしとしては尽力してくれた加藤さんを悪く言うつもりはなかったので、じゃあ、私たちだけで何ができるのよ、と言い返した。いまはいいけど、九月からはどうするの、と。

事実、それまでの数日間も、田代は運動着や競技用のシューズがないことを理由に陸上部の練習を休んでいた。これが夏休みだからどうにかなっているものの、新学期が始まれば、当然、日々の通学についても考えなくてはならないだろう。もちろん、彼女の身の安全を何より優先しなければならないことは承知していたけれど、問題が解消されたのであれば、少しでも早く普通の生活に戻るため、ふたたびあの家で母親と暮らしていけるようにするため、手助けしたほうがいいように思えた。

大事なのはあんたがどう思うかじゃなくて、田代さんがどうしたいかでしょうが。

こちらがきつい口調で指摘すると、顔を真っ赤にしたゆきえは、じゃあ、好きにすればいいじゃん、と吐き捨てて、階段を駆けあがっていった。部屋のドアを乱暴に閉める音が階下にまで響き、さつきが不安そうに天井を見あげた。おかあさん、怒った……。

大丈夫よ、子どものころからあんなだから。心配そうな顔をした孫を抱きかかえ、わたしは田代に向かって、悪いわね、みっともないところを見せちゃって、と苦笑してみせた。あ、でも誤解しないでね。さっきはゆきえがいたからいろいろ言ったけど、わたしだってあなたを追い出したいわけじゃないから。せっかく知り合いになったわけだし、これからも仲良くやっていけたら愉しいじゃない。

奥さん、まだやってるんでしょう？　落ち着く暇もなく、売り場から聞き慣れた呼び声がして、リナさんが小走りにカウンターに出ていった。

すごい親切……。田代はちらっと表に目をやってから、折れ曲がったスケッチブックの角を爪で戻しながら言った。うちの母親より、ずっとまし。

あのねえ、不満はいろいろあるでしょうけど、お母さんのことを悪く言うもんじゃないの。

わたしはあんな馬鹿と話なんかしないから。向き直った田代は片方の手を頰にやり、中指で耳をふさぐ素振りをした。男にいいように使われて、脳みそのかけらもなくて、最低で。男のために自分の子どもを売っても平気なやつなんか相手にしてないから。

ほら、また。お母さんのことを悪く言ったら駄目だって、いま教えたばっかりなのに。

あんな馬鹿、死んだほうがいいと思う。殺す価値もないけど。富士山が噴火して、あの家ごとなくなってほしい。

そんなふうに言われたら、おばさんまで泣きたくなるじゃない。そうだ、うちでは悪口禁止にしようかしら。言ったら、お皿洗いとか、トイレ掃除をしてもらうとか。

終始、冗談めかして話していたこちらをにらみつけてから、なんで、と田代はつぶやいた。他人を家に泊めて気持ち悪くないの？

どうして気持ち悪いってなるのよ。変な子ねえ。

またわたしがお金を盗るかもしれないのに。

五日間もここで働いたんだから、うちがどんな店なのか知ってるでしょう？　ボロばっかりで、盗られて困るようなものなんて何もないんだから。毎日の売り上げだって、もう散々。笑っちゃうくらいよ。

努めて明るく振る舞っていたものの、内心、わたしは不安でいっぱいだった。この数日間、次女の部屋に寝泊まりして、ときには辛抱づよくさつきの面倒を見てくれていた田代が、こちらの想像がつかないほどの怒りを抱えている……。売り場から聞こえるリナさんの笑い声に励まされるような思いで、それに、とわたしは言い添えた。田代さんにとって、私たちはまだ他人？　わたしも、ゆきえも、リナさんも、この子も、まだ知らない人？　違うでしょう？

だから？

それでどうなるのかという問いかけに対して、だからここにいていいのだとわたしは即答した。だから、一緒にいられるのだと。家族でも、友だちでも、店の人でも、何でもいい、どう思ってくれても構わないけれど、とにかくいまは私たちのそばにいてほしい。

一度は口を開きかけた田代が目線を逸らすのを見届けてから、わたしは首にしがみついていた孫の耳もとに口を寄せ、お母さんが下りてくるまでお姉ちゃんと遊んでて、と声をかけた。リナさんひとりだと大変だし、おばあちゃんが仕事しないとみんなごはんが食べられなくなっちゃう、それでもいいの？

こちらの肩に顔をうずめていたさつきは、一瞬、動きをとめると、やだよ、やだ、と繰りかえして、持っていた色えんぴつを床に投げつけた。

そんなことしたってどうにもならないでしょうが。

足を崩して畳のうえを転がったえんぴつを拾いあげようとしたとき、田代が腰をあげ、先に腕を伸ばした。

助かるわ。最近はこの子も重くなってきて大変なのよ。ついでにこの駄々っ子を見ててもらえる？　軽い調子で訊いてみると、彼女はうなずき、膝立ちの姿勢で近づいてきた。

身を硬くしたさつきを預けたとたん、険しかった田代の表情がいくぶん和らいだように見えたのは、気のせいではなかったと思う。母親の癇癪を間近に見て不安になっていたさつきも、周囲に不信感を募らせていた田代も、互いの体にしがみついて、どこかほっとしているようだった。

あとに引きずらない性格といったらいいのか、それとも単にあきらめが早いだけなのか、一時は家を飛び出しそうなほど憤慨していたゆきえは、翌日の朝には、まあ、しょうがないでしょ、わたしもお母さんも頼れる人がいないんだから、とけろっとした顔で言ってのけて、心配していたこちらをほっとさせた。ただ、昼の営業に向けて準備に追われるわたしが胸をなでおろしたのも束の間、午後になって店の車を使いたいと言ってきたときには嫌な予感がして、どこに行くつもりなのかと確かめないわけにはいかなかった。

いまから送ってくるから。

誰を？

だから、あの子の家まで行ってくるんだって。

ちょっと、待ちなさいよ。注文が立て込んでいたため、ばたばたと調理場を動きまわっていたわたしは、思わずその場に立ちどまった。あんたはどうして何でもかんでも急なのよ。ものには順序ってものがあるでしょうが。

家に馬鹿がいます。危ないから避難しました。役所の人が来て、すぐ解決。安全になったので帰ります。これって順番通りだと思うけど。

ああ、もう嫌になるわね。そもそも、あの子は帰りたいって言ってるの？

うん、そろそろかなって。

加藤さんに電話もしないといけないのに……。言いながらわたしは壁に留めてある伝票を確認して、調理台にプラスチックのケースを並べていった。フライヤーの横のバットには、たったいま揚がったばかりのヒレカツが並んでいて、これから包丁を入れて、弁当用に盛りつけなければならなかった。暇なときだってあったのに、よりによってなんでこんな忙しいときなのよ。いいから、ちょっと待ちなさいって。

けれども、帰りにダイエーでアイス買ってくるよ、と見当違いの返事をしたゆきえは、二階から制服姿でおりてきた田代がカウンター裏でリナさんに抱きすくめられるのを見届けると、車のキーを手にそそくさと売り場から出ていった。あとに続いた田代は、一瞬、わたしと目を合わせたものの、さつきに手を取られ、外に引っ張っていかれた。

ゆきえとさつきが戻ってきたのは、それから一時間ほど経ってからだった。

バニラとチョコミント買ってきたけど、どっちがいい？

平然とたずねた娘を見て、それより謝らなくちゃいけないことがあるんじゃないの、とわたしはステンレスの調理台を指で叩きながら問いかけた。

え、怒ってるとか、なんで？

腹を立ててる人にそういうことは訊くべきじゃないわね。

あ、さっきのこと？　娘はリナさんのぶんのアイスを冷凍庫にしまって、大丈夫だって、あの子、意外としっかりしてるもん、と間延びした声を出した。さっきも隣の市営に住んでる外人、ブラジル人かメキシコ人か知らないけど、とにかく日本人じゃないおばさんと仲良さそうにしゃべってたんだから。

そんな報告をされても、挨拶さえできずに田代を見送ったこちらとしては少しも納得できなかった。あのやぎ髭の男がほんとうに出ていったのか、ひとりで家にいて安全なのか、また、母親との関係はどうなっているかを確認したかったのに、あんたのせいで分からずじまいになってしまった。そう言って、スプーンをくわえた相手を咎めた。

わたしも一緒に家に入ったけど、誰もいなかったって。

母親も？

夜まで旅館でしょ。

そうだけど……。

だけど、なに？　娘は冷蔵庫に寄りかかって不服そうな顔をした。

まだ中学生じゃないの。フライヤーの油の色を見ながら、わたしは口をとがらせた。あんなことがあった家にひとりでいて、怖い思いをしてるかもしれないじゃない。

そんなに気になるんだったら、いまから行ってくれれば。

娘に背を向けたまま、わたしは大きく息を吐いた。

平気だって。ちょっとでもおかしいと思ったら、うちに来るように言っといたから。

ゆきえとそんなやり取りをしたこともあって、それから二日後の夕方、突然、田代が姿を見せたときには、よく来てくれたと歓迎したい反面、素直に喜んでいいのか分からない、何とも複雑な気持ちにさせられた。私たちを頼りにしてくれたことは単純に嬉しかったし、自分たちの行動は間違っていなかったと自信を持てたいっぽうで、なぜ店を訪ねてきたのかが気になった。

家で何かあった？

別に。ジャージに短パン姿の田代は首を振って、売り場を見渡した。

今日は部活？

田代が答えるより先に、めずらしく店を手伝っていたゆきえが仕切りの横から顔を出して、あ、来てたんだ、と声を弾ませた。さつきが暇してるから、ちょっと相手してやってえ。

どうぞ、入って、入って。

こちらが促すと、田代は軽くあたまをさげて、カウンターの横を抜けていった。

さつき、瑞希ちゃん来たよ。ゆきえは田代を手招きしたあと、奥に引っ込んで、にわかにはしゃぎだしたさつきとともに散らかった部屋を片付けはじめた。そして、次にわたしが裏をのぞいたときには、絵本やおもちゃを箱にしまいながら、座敷にあがった相手を質問攻めにしていた。

で、どうなの？　あれからお母さんの彼氏が戻ってきたりしなかった？　電話は？

どっちもないです。荷物もほとんどなくなってたし。

男って絶対あとに引きずるから、気をつけたほうがいいってお母さんに言っといて。うちの旦那もそうだったもん。夜中にもう一度やり直そうって泣きながら電話してくるんだから。ほんと笑えるよね。

台ふきんでテーブルを拭いてから、ゆきえは売り場の惣菜を持ってくるよう田代に声をかけた。どうせお腹減ってるんでしょ？　手洗って持ってきなよ。あっちのおばさんに言ったら、売り場に出てないやつも作ってくれるから。

他人の悩みも、自分が抱えている問題も一緒くたにして、泣いたり、笑ったり、腹を立てたりする娘のおしゃべりは、時と場をわきまえないと敬遠されるいっぽうで、壁を作らない、打ち解けたものとして受けとめられることもあるのだろう。その日、なんだかんだと遅くまで残っていた田代が、いま帰るんだったら明日の朝でも一緒でしょ、というゆきえの勧めに従って泊まっていったのも、この夜を境に連日のように店に顔を出すようになったのも、詮索好きな娘に促されて、あれこれ打ち明けることに心地良さを覚えたからではなかったか。

もちろん、ここに来ていれば食べるのに困らないという理由もあったはずだし、母親の交際相手がいつ帰ってくるかも分からない自宅にいるより、安心できるという事情もあったはずだ。けれども、まだ彼氏ができたことがないのかとゆきえにからかわれたり、さつきに付きまとわれて、照れくさそうにリナさんに助けを求めたりしている田代はほんとうに愉しそうで、ときには彼女を取りまく現実を忘れて、こちらまで一緒になって騒いでしまうことさえあった。

そして、そんなふうに同じ時間を共有するなかで、いつのころからかゆきえは田代の名を呼び捨てにするようになり、彼女もさつきのことを「さっちゃん」と呼ぶようになった。瑞希、さつきと先に公園に行っててよ、あとからわたしも追いかけるから。そのまえにさっちゃんがのっぽパン食べたいって……。

私たちのあいだでごく自然にそうした会話が交わされるようになり、ある日の夕暮れどき、さつきを真ん中に三人が手を繋いで店まで帰ってくる姿を見かけたときには、ようやく彼女もここを自分の居場所だと認めてくれた気がして、わたしはそっと安堵の息を洩らした。

わたしがこの家に嫁いでまもなく、だから一九七〇年代半ばに市街地の外れに開園し、夏はプール、冬はスケート場を主なアトラクションとして、長らく営業を続けてきた遊園地がまもなく閉園すると知って、ゆきえとさつき、それに田代の三人が水着持参で出かけていったのは、九月最初の週末だった。

朝いちばんに出かけていって、夕方、真っ赤に日焼けして帰宅したゆきえは、田代の胸がまな板だったとか、東京から来ていた大学生に声をかけられたとかと言って、いつになく上機嫌だったけれど、よっぽど疲れていたのか、夕食を食べると、眠すぎて目が開かない、もう限界、と洩らして、早々にさつきを連れて自分の部屋に引っ込んでしまった。

いい気なもんね。店のことは何にもしないで。

仕込みを終えたわたしが座敷に入ると、テレビを観ていた田代はわずかに首を傾げた。

最後だから混んでた？

まあまあ。

ファミリーランドは何回か行ったことあるんでしょ？

まえは妹と。

そう、妹さんと……。

考えてみれば、あの母親とふたりきりになるまえ、田代がどんな生活をしていたのか、きちんと話を聞いたことがなかった。いや、話題にはあがっていたはずなのだが、他に優先して考えなければならないことが多かったため、大半を聞き流してしまっていた。

サンオイルの甘いココナッツの匂いを漂わせた田代によると、四つ下の妹は戸塚にある父親の実家にいて、いまでも親の目を盗んで定期的に連絡を取り合っているという。名前は、あかり。朱里、と書くそうだ。

じゃあ、朱里ちゃんとも行けたら良かったのにねえ。

いまとなっては、そんな言い方をしてしまったことを後悔しているし、露骨に顔をしかめた田代が、あんな遊園地なくなってすっきりした、と挑発するような答えを返してきたことにもじゅうぶん納得がいく。だが、あのときのわたしは相手の投げやりな口調が気になって、どうしてそんなふうに言うのかと問いただしてしまった。

時間の無駄だから。田代はテレビのリモコンを畳に叩きつけて、きつい視線をこちらに向けてきた。

無駄って、ファミリーランドはなくなっちゃうけど、妹さんは横浜にいるんでしょう？

でも、もう会えない。会わせてもらえない。

そんなことないわよ。たまに電話するってさっきも言ってたじゃない。凝った肩を手で揉みほぐしながら、わたしは反論した。遠くにいる人とか、会えない人のことを考えるのは悪いことじゃないと思うけど……。

だから、あんなふうに花の死骸を集めてるんでしょ？

え？

死んだ花をいじって、何がおもしろいのか分かんない。

死んだ花……。訝しみながらそう繰り返したとき、それがわたしにとって唯一趣味と呼べるもの――十年ほどまえに市のカルチャースクールを受講したことをきっかけに、暇を見つけては編むようになったリースやツリーを指していることに思いあたった。湿気の多い御殿場では、ドライフラワーを作ったところであまり長持ちしないから、廊下や二階の部屋に飾ってあるものはいくつもないのだけれど、こちらに寝泊まりするなかで田代はそのいずれかに目を留めたのだろう。吹き出しそうになるのをこらえながら、あのねえ、とわたしは言い返した。どうしたらドライフラワーがそんな言い方になるのよ。

にやにやと笑っているこちらを見て気勢をそがれたらしく、田代はテーブルに頬杖をついて、テレビに顔を向けた。

よそで花の死骸なんて言ったら駄目よ。わたしは日に焼けて茶色くなった田代の髪を見ながら声をかけた。

なんで。

みんなびっくりするもの。特に男の子のまえではやめたほうがいいわね。

何それ？

女のほうが現実的で、後腐れもしないの。中学生なんだから何となく分かるでしょう？　反対に、男の子は変に繊細だったり、周りに期待しすぎたりするのよ。もちろん、全員がそうってわけじゃないけど。

ゆきえさんも似たようなこと言ってた。

わたしが育てたんだから、考えてることは一緒でしょうね。

田代はふたたびリモコンを手に取って、長いことテレビのチャンネルを替えつづけていたが、まもなく電源を切って、男なんかいなくていい、いたってろくなことがない、と抑揚をつけずに言った。

そう？

この店だって女の人しかいないけど困ってない。

じゃあ、お父さんにも会いたくない？　気になってたずねると、田代は中指で耳を擦って、どっちでもいい、と返事をした。でも、ここには来てほしくない。

どうして？

まえに自衛隊で働いてたときは、おもしろくて真面目だったけど、酔って、人を轢いて、借金ができて逃げたから。わたしじゃなくて、朱里を選んで、おばあちゃんのところに行っちゃったから。ごめん、ごめんって謝られたけど、そんなの許せるわけない。

事故……。

不意をつかれたわたしは、宿題をするという田代が二階にあがっていったときにも、おやすみ、という以外、かける言葉が見つからなかった。

九月の終わりに学校からお礼状が届いた。大判の封筒には、事務的な通知とともに子どもたちの手紙が添えられていて、時候の挨拶から始まる、いかにも教科書通りといった堅苦しい文章が並んでいた。校名の入ったコピー用紙に鉛筆で書かれたお礼の言葉を読んでいると、夏休みに職業訓練をさせられたうえに、感謝の気持ちの表し方まで授業で習わなくてはいけない、いまどきの中学生の忙しさを哀れに思わずにいられなかった。自分の時代と比較するのは無理があるとしても、娘たちが中学校に通っていたころにも、もう少しのんびりしたところがあった気がする。

夜更けに帰宅したゆきえも似たようなことを思ったらしく、座敷に置いてあった手紙を見るなり酒くさい息を吐いて、うわ、こんなのまで書かされるんだ、と言った。わたしのときは勤労留学なんてなかったからなあ。

あんた、どれだけ飲んできたのよ。すごい臭い……。

すでに寝る支度を済ませていたわたしが顔をしかめたのも気にせず、娘は手紙を見比べ、目尻をさげた。なに、このうっすい字、死にそうな人だってもうちょっとまともに書けるでしょ。

横山君。

そうだと思った。やっぱりあの子は違うわ。しかも、これ読んだ？　弁当屋はいつもラジオがなってて、よかったと思いました、メンチいがいもっと食べられたかったです、こんどは買ってあげたいなと思いました……。娘はのけぞりながら手紙を読みあげ、ぱちぱちと膝を叩いた。ラジオとメンチって。だいたい、なんでこんな偉そうなわけ?

でも良かったわよ。むくんだ足を伸ばして、わたしは返事をした。中学生が来るっていうから、最初はどうなることかと思ったけど、無事に済んで。

そんなこと言ってると来年も頼まれるよ。

だったら、これ以上学校の先生と仲良くするのはやめてほしいわね。離婚したてで、子どももちっちゃいのに、どうして男友だちと遊びにいったりするんだか。

普段のゆきえであれば、ここで文句を言うか、ふて腐れて二階にあがっていくところなのだが、このときはわずかに眉をあげて、あれ、言ってなかったっけ、ととぼけた顔をしただけだった。まだ離婚してない、離婚届けは出してない。

さつきを連れて実家に戻ってきてから、すでに半年以上が経過していたこともあり、夫婦関係はとうの昔に解消されたものだと思い込んでいた。ところが、それはこちらの早合点だったらしく、よくよく話を聞いてみると、まだ正式な手続きには至っておらず、裾野のアパートに残してきた夫とは定期的に連絡を取り合っているという。そればかりか最近は一日も早く戻ってきてほしいと懇願されているそうで、その辺の事情を何も知らされていなかった身としては、いっそう肩すかしを食らったような気分だった。

じゃあ、なんで帰らないのよ。

ため息まじりに問いかけたわたしを見て、娘はなぜそんなことも分からないのかという顔をした。だってこっちのほうが便利だもん。

また勝手なこと言って。

やっぱアパートって好きじゃないんだよね、壁がぺらっぺらで寒いしさあ。

ゆきえが離婚していないと知って、驚いたのはわたしやリナさんだけではなかった。ちょうどそのころ、取引先の工場との兼ね合いから、一カ月遅れの夏休みを取って帰省していた下の娘も、出戻ったゆきえが別れたわけではないと聞いて、お姉ちゃんらしいよね、と戸惑った笑みを浮かべていた。

性格的におっとりしているというのか、何をするにしても時間をかける――だからこそ判断を誤ることも少ない――次女のなおにしてみれば、その日の気分しだいでころころ変わるゆきえの言動は相変わらず理解しがたいものだったに違いない。しかも、ひさしぶりに帰った実家には、その姉と子どもが我が物顔で居座っていただけでなく、リナさんや田代までもが出入りしていたのだから、あとからそこに加わるかたちとなった下の娘が、どこか窮屈そうにしているのは無理もないことのように思えた。

そんな娘に少しでも寛いでもらいたい、疲れた体を休めてほしい、と母親として可能な限りのことはしているつもりだったけれど、果たしてどこまでそれができていたか分からない。そうした矢先、妹が出かけたと知ったゆきえが、あれ、なおって出かけたの、こっちで男でもできた、と無神経な質問をしてきたので、ちょっと、いい加減にしなさいよ、と声をとがらせないわけにはいかなかった。

あんたはどうしてそんなことしか言えないのよ。

で、どこ行ったわけ？　座敷に寝転がったゆきえはこちらの注意を聞き流して、ぶっきらぼうにあとを続けた。

アヤちゃんとか、同級生の子に会うって出かけていったけど。あずきの入った鍋を火にかけて、わたしは冷ややかに答えた。

アヤって東京じゃなかったっけ？

最近はこっちにいて、もしかしたらこのままアヤちゃんが勝又さんのあとを継ぐかもしれないって。

へえ。皆さん、立派になられて。ゆきえはストラップが束になってついた携帯電話を手に取って、間の抜けた声を出した。あ、あずき煮てるでしょ？　匂いするもん。ついでに白玉も作ってよ。あとで食べるから。

これはなおのため。あんたはだらだらしてるだけなんだから、自分で作んなさいよ。

でも、なおも老けたよね。ゆきえは携帯を操作しながら、素っ気なく言った。まだ二十五にもならないのにいいわけ？　あんなに疲れてて……。お金を稼ぐのも大事だけど、ちょっとは休んだほうがいいんじゃないの？

毎日が夏休みの人がどうしたらそんな偉そうなことを言えるんだか……。

その場では、嫌味を返して会話を打ち切ってしまったものの、数年まえ、名古屋の短大に通っていたときには若かったころの夫によく似て、背が低く、ずんぐりした体型だったなおが、少し見ないあいだに痩せて、大人びた顔つきになっていたことには、もちろんわたしも気がついていた。なお自身はその理由を、眼鏡をコンタクトレンズに替えたこと、そして髪を短くしたせいだと言っていたが、ゆきえはそれを真に受けず、同じ話を蒸し返しては、やつれたのだといって譲らなかった。

　ほんと、お母さんは分かってないよね。わたしも、なおも、もう子どもじゃないんだよ。嘘だと思うなら本人に訊いてみなって。ダイエットなんかしてないから。

　ゆきえの指摘は気になりながらも、結局、それを確かめることができたのは、娘が愛知に戻る前日、営業終了後に店の片付けを手伝ってもらっているときだった。消毒用のスプレーを手にガラスケースを拭いてくれていたなおに、体はほんとうに大丈夫、とたずねると、やめてよ、そんな言い方するの、と怪訝な顔で返された。

　お母さんに心配されるとこっちが不安になる。

　ゆきえが訊いてみろってしつこいもんだから。でも、何でもないのよね？

　当たりまえでしょ。

　ドアを開け放して作業をしていたため、売り場にはひんやりとした夜の空気が入り、金木犀のほのかな香りが漂っていた。こちらが歩道に出ていた看板を片付けるのを待って、なおは息を洩らすようにつぶやいた。お姉ちゃんはいいよね。

　どこが？

　わたしはあんなふうにはなれないから。

　ならなくていいわよ。わたしは奥をのぞくふりをして、わざとらしく顔をしかめてみせた。何にもしないくせして、あの子は威張ってばっかりなんだから。

でも、楽しそう。

やっぱり疲れてるのねえ。毎晩、娘ふたりが飲んだくれて、お尻を掻きながらテレビを観てるなんて知ったら、お父さんが化けて出るわよ。大げさに天井を見あげるふりをしてから、わたしはそろそろ切りあげるよう娘に声をかけた。ひさしぶりに帰ってきたのに手伝わせて悪かったわね。

わたしはたまにしかできないから。

そう言って、なおは調理場の奥に歩いていったのだが、顎の線がすっきりした横顔はいつになく女らしく、蛍光灯の青白いひかりの下、艶かしさすら感じさせた。


さつきの異変に気づいたのは、なおが愛知に戻った二日後、夕飯の食べ残しが多いことを気にしたゆきえが、そういえば昨日もあんまり食べてなかったんだよね、と知らせてきてからだった。もっともその時点では、熱もなく、腹痛を訴えているわけでもなかったので、まずは様子を見て、明日も食欲がないようなら念のため病院で診てもらおうということになった。

ちょうど風呂からあがった田代は、こちらのやり取りを黙って聞いていたあとで、バスタオルを首にかけて、あの人、さっちゃんに厳しかったから、とつぶやいた。

あの人って？

なおさん。問いかけたわたしを見て、田代は近くの柱に寄りかかった。

厳しいって、なおに何か言われたの？

別に。わたしは何も。

大事なことなんだから、はっきり言ってよ。ゆきえが言ったとたん、そばにいたさつきがわたしの膝に身を寄せてきた。

わたしのこと大変だねっていうから、そうでもないって答えたら、笑いながらぽろぽろ泣くんだもん、びっくりした。

なおが？

娘の名前を口にしたのはわたしだけではなかった。ゆきえもまた同じような反応をして、あの子が泣いて、どうしたの、と続きを促した。

いま、会社のバツイチの男の人と付き合ってて、その人の子どもがどうしても好きになれないんだって。その子、まだ三歳らしいんだけど、ふたりになって我がまま言われると、まえの奥さんの顔が思い浮かんで、叩いちゃうって。

あの子が……？　いつ、そんなことを言ったの？

四日か五日まえ。部活のあとでここに来たら、あの人がさっちゃんのこと責めてたから、やめてくださいってお願いした。そうしたらあわてて謝ってきて、そのときにいろいろ……。笑ってあげたけど。それって自分に酔ってるだけでしょって。子どもにとってはいい迷惑。二度とさっちゃんに近づかないでくださいって言ってあげた。

田代の口ぶりから、それがまったくのでたらめではない気はしたものの、すべてを鵜呑みにできるはずもなかった。そんなこちらの気持ちを代弁するように、テキトーなこと言うなよ、とゆきえが吐き捨てた。

適当じゃないし。

ていうか、おまえ何様だよ。ゆきえはまくしたてた。いまからなおに電話する。もし嘘だったら、すぐに出てってもらうからな。

そんなこと言われなくても帰るから。

嘘がばれるまえに逃げんのかよ。

ふたりの言い合いが聞こえたのだろう、帰り支度をしていたリナさんが心配そうな面持ちで戸口に立った。怒るは駄目です、ゆきえさん。

怒ってないって。こいつがいい加減なこと言ってるから、ちょっとむかついただけ。

ヤンキーってほんとたちが悪いよね。

は？　いま何て言った？

はいはい、その辺にしときなさい。わたしは立ちあがって、これ以上、喧嘩の声が外に洩れないよう座敷の窓を閉めた。電話はあとでわたしがするから、ゆきえは二階、田代さんはここに残って、あたまを冷やす。

だが、ゆきえはわたしの注意を無視して、その場でなおに連絡を取りはじめた。二階にあがろうとした田代のまえに立ちはだかり、戸口の柱に片手をついて、空いているほうの手で携帯を操作した。

電話はすぐに繋がったらしく、娘はそばにいるこちらにも聞き取れないような、低い、ぼそぼそした声でしゃべりだした。短いやり取りののち、通話を終えたゆきえは、ごめん、ほんとだった、と早口に言い残すと、着古したトレーナーにジャージという格好であるにもかかわらず、サンダルを突っかけ、外に出ていってしまった。

ちょっと、待ちなさいって。

娘を呼びとめ、あわててあとを追いかけてみたものの、ゆきえはあっという間に店から遠ざかって、どこかに行ってしまった。

その晩、リナさんを見送り、ぐずるさつきを寝かしつけてから、わたしと田代は調理場で話し込んだ。感情任せのゆきえの言葉も、不意に洩れ出たなおの告白も、田代にとっては不愉快以外の何物でもなかっただろう。まずはそのことを謝りたくて、二階にあがろうとする相手を引き留め、お茶を淹れた。ただ、いざ膝を突き合わせてみると、ゆきえとの喧嘩が尾を引いていたのか、彼女はいつになく饒舌で、こちらもそれに引っ張られた。

時折、長い足を組み替えながら、田代は横浜にいる父親のこと、離婚してから自分にあたるようになった母親のこと、高校や専門学校への進学も考えているけれど、これ以上、親の世話にはなりたくないし、一日も早く家を出たいと思っていること、そして妹と交わしたという約束についても迷った末に打ち明けてくれた。いつかふたりの店を持ちたい、と。和食でも、洋食でも、フレンチやイタリアンでも何でもいい。それぞれがどこかで修業をして、お金を貯めたら、協力して小さな店を開きたいのだと教えてくれた。

そんな田代に対して、御殿場を出たことのない、だから、この弁当屋以外のことは何も知らないわたしは、亡くなった夫のことを引き合いに出した。大学進学を機に東京でひとり暮らしを始めた夫は、入学まもない時期から四谷のフランス料理店でバイトを始め、いつしか講義そっちのけでレストランの仕事をするようになった。もとは生活費を稼ぐために始めたアルバイトにのめり込んでしまうところがいかにもあの人らしい気もするが、皿洗いから食材の下ごしらえ、包丁の扱い方など、いわゆる調理の基礎をそこにいた先輩料理人から叩きこまれたという。その夫が大怪我をしたのは、三度目の留年が決まった春先のことで、下宿先で角材を持った集団に襲われ、右腕と鎖骨を折られた挙げ句、頭蓋骨が陥没するほどの重傷を負って、都内の病院に救急搬送されたのだった。七カ月にも及んだ入院生活ののち、大学を退学して御殿場に戻ってきてからも、夫はリハビリのために市内の病院に通わなければならず、そこで私たちは知り合い、交際することになった。

　結婚にいたるまでの過程にはそれなりの興味を示したものの、単なる人違いで殺されかけたという説明が、田代にはどうしても理解ができないらしく、何でそんなことするの、意味わかんない、とまじめな顔で洩らした。すでにそのころには日付も変わって、調理場はかなり冷えてきていたので、私たちはなおの部屋に移動し、田代はベッドのなかに、わたしは毛布にくるまって、ふたたび顔を見合わせた。

　昔は、大学生がよくデモを起こしたのよ。機動隊と喧嘩したり、山荘に立てこもったり……。テレビで観たことない？

　店長もそんな感じだったってこと？

　まさか。わたしはこっちで看護学校に通ってたから。

　そういうことをしてた人たちって、いまは何してるの？

その辺でおじさんおばさんしてるわよ。

普通に？

ええ。なかには普通じゃなくなっちゃった人もいるけど、大半の人は昔のことはどうでもいいって顔をしてるわね。

そこで田代は枕に片方の頬を押しつけ、あくびをかみ殺して、つまんない、と言った。

仕方ないのよ。どんなに偉そうなこと言ったって、結局は食べていかなくちゃいけないんだから。

そうじゃなくて、気づかないふりをしたり、忘れたりするのが気持ち悪いって言ってるの。

やがて窓の外が白みはじめたころ、わたしは毛布を肩にかけたまま立ちあがり、もうこれくらいにしましょう、と声をかけた。店のまえを新聞配達のバイクが通り過ぎ、窓のすぐ近くで鳥の羽音が響いた。

寝なくても平気だけど。

あなたが大丈夫でも、こっちが駄目なのよ。ふとんをかけ直してやってから、わたしはベッドのなかにいる相手を見おろした。この歳で徹夜なんかしたら、もう大変。いまだって背中が痛くて、痛くて。

ねえ、訊いてもいい？

こんなに話したのに、まだ質問？　わたしはこめかみに手をやって、目をしばたかせた。首から肩にかけて筋肉が強ばり、口のなかが渇いて気持ち悪かった。

わたしの父親のこと、恨んでる？

どうしてあなたのお父さんを恨むのよ。

飲酒運転で事故を起こしたから。店長の旦那さんも酔っぱらいが運転するトラックとぶつかったってまえに言ってたし、わたしのせいでそのときのことを思い出したかなって。

そんなこと、よく憶えてたわねえ。相手の物覚えの良さに感心して、わたしは田代の額に手をおいた。そして、何もしていなくてもあの日のことを思い出すことはあるし、反対に、間近で交通事故を見ても忘れていることがあるのだから、そんなことは気にしなくていい、とささやきかけた。

じゃあ、死んじゃったって聞いたとき、どう思った？　悲しかった？

まあね。もう話もできないのかと思うとショックだったし、なんでこんな目に自分が遭わなくちゃいけないんだろうって、正直、旦那を呪いたくなったわね。そりゃあ、あなたは楽になれたかもしれないけど、こっちはどうするのって。店とか、子どもたちとか、大変なことをみんな残して、わたしひとりにして……。これからどうしたらいいのって思うじゃない。

事故を起こした人が憎かった？

最初はね。でも、そのあとに起きたことは関係ないから。怪我をしたのは事実だけど、だからってねえ。旦那が亡くなったときは、自分が自分じゃなくなるっていうのかしら……。誰がいようがいまいがわたしはわたしだったはずなのに、それもよく分かんない感じがして。だけど、そういうことにも慣れてくるのよ、不思議なことに。

歳のせい？

こんな時間に嫌味が聞けるなんて、夜更かしした甲斐があったわね。そう言って、わたしは彼女から手を離した。そろそろ寝なさい。あとで起こしにくるから。

　分かった。

　おやすみなさい。

　毛布を引きずりながら自分の部屋に引っ込んだものの、結局、その日はほとんど眠ることができなかった。重いまぶたを擦りながら起き出して、肌寒い調理場でお湯を沸かしていたとき、ふとこんなふうに明け方まで誰かと話し込んだのはいつ以来だろうと思って、独り苦笑いをしてしまった。

　毎朝、ごはんとお水を取り替え、神棚のまえに立って、手を合わせる。目をつむって、口のなかで祝詞を読み、夫と姑、父や祖父母の姿を思い浮かべる。以前は何でもなかった朝の習慣に、思いがけなく時間を取られたり、顔をあげて、さあ、仕事を始めようと思っても、なかなかその場から離れられなくなったりしたのは、年が明けてから――すなわち二〇〇〇年の一月初めからだと思う。「ミレニアム」という馴染みのない言葉を耳にしても、これが新しい千年紀の始まりだといわれても、当時のわたしにはそうした賑わいに関心を持つほどの余裕もなく、一日が終わるたびにぐったり疲れきっていた。

　こんなとき夫や姑がいてくれたら……。そんな言葉が浮かんだのは、忘れもしない、一九九九年の十二月三十一日のことで、あの大晦日の午後を境に、いや、市の火災警報で田代の自宅が火事だと知った直後から、私たちの生活はがらりと変わってしまった気がする。

　年末で帰省していたなおとともにあの市営住宅に行ったときには、建物の半分以上を燃やした火は消しとめられ、焼け落ちた家屋のまえで消防団員が放水用のホースを片付けていた。木材やプラスチックの焦げた臭いが立ちこめるなか、私たちは集まった人たちのあいだを縫って、誘導棒を振っていた若い婦人警官のもとに駆け寄った。寒さで頬を赤くした彼女は、しかし、現場の状況を把握しているわけではないらしく、家のなかには誰もおらず、怪我人も出ていないようだと簡単な説明をしてくれただけで、それ以上のことは何も教えてくれなかった。

　行方が分からなくなっていた田代が見つかったのは、その日の夜遅く、年が明ける直前のことで、電話をかけてきてくれた加藤さんによれば、無事警察に保護され、怪我もしていないということだった。おせちの準備も、大そうじも、何もかもやりかけのまま手につかなくなっていた私たちにとって、その知らせは何より待ち侘びていたものだったが、田代に放火の疑いがかけられている、と告げられたときには、数秒間、ほんとうに声を出すことができなかった。

　まだ分からないことが多いですし、何も決まったわけではないので。加藤さんはかすれ声で言ってから、市営住宅に住む日系ブラジル人の女性が田代と若い男が自宅から出てくる姿を見かけており、その数分後に建物から火の手があがったという情報があるのだと教えてくれた。警察に発見されたときにも、ふたりは一緒にいたようです、と。

　年があらたまって出てきた報道によれば、十二月三十一日の午後十一時半過ぎ、男と田代は検問を張っていた警察官に職務質問を受け、あえなく保護されたということだった。男が運転していたワンボックスカーにはガソリンの入ったポリタンクが積まれていて、座席の下からはサバイバルナイフと改造されたエアガンが見つかった。警察の発表では、男は東京都出身の十九歳で、無職。未成年者ということで実名は控えられ、一部の週刊誌を除いて、経歴や家族関係も明らかにされていなかった。

　さらにその後の調べで、少年と田代は十一月初めに御殿場市内のドラッグストアで知り合い、交際を始めたことが分かった。また、少年が関与をほのめかしたことで、秋口から年末にかけて東京を中心に起きていた連続放火事件についても、ふたりが詳しい事情を知っているか、犯行に関わった可能性があるとして、引き続き取り調べが行われていた。関東各地で頻発していたその事件は――田代の一件があるまで、わたしはそれを知らなかったのだが――後継者のいない伝統工芸品の工房や職人の住まい、もしくはそれらを専門に扱う店ばかりを狙った悪質なもので、数カ月のあいだに五人が亡くなり、二十人以上が重軽傷を負っているということだった。

　事態が急転したのは、ふたりが保護されてから二週間が経過した一月十四日の早朝、容疑の大半を認めながら、動機については「すべてを均等にしようとする意思だけが残る」という供述を繰り返していた少年が、拘置所のトイレで自殺を図ってからだった。少年は一命を取り留めたものの、昏睡状態で医療少年院に移送されたとのことで、犯行の目的や共犯者の有無など、多くの点が明らかにされないままとなった。

　田代に関していえば、沼津の静岡地検に身柄を移され、御殿場と裾野、それに田方郡で起こった三件の放火については共犯の疑いがあるとされたが、それ以上は関与の証拠がない、という判断が下された。

　一部マスコミから「世紀末の放火魔」と呼ばれた少年の逮捕、自殺未遂の報せを受けて、各地からは安堵の声が伝えられた。とりわけ、標的とされる恐れのあった人たちは、ほっと胸をなでおろしているようだった。どうしてそんなことをするのか分からない、とテレビのインタビューに憤りの表情をみせた人形細工の職人もいれば、後継者がおらず、材料も集めづらくなっている現状を鑑みると、自分の代で家業が途絶えてしまうことは明らかだけれど、他人の手で伝統の火を消されたくはない、と新聞の投書欄に思いを寄せた老人もいた。

しかし、そうした折にも、インターネットの掲示板で放火を予告していた埼玉県の男子高校生が警察に任意同行を求められて、被害に遭った人たちを悲しませた。これまで数百年、数十年に渡って受け継がれてきた技術や機材を失ってしまったばかりか、住む場所さえなくして苦しんでいる人がいるのに、どうしてそんなことができるのか、と。事件を受けて、地域住民による消防団が二十年ぶりに結成され、夜間の見回りを始めたという記事もあった。他にもまだ犯人がいるかもしれないし、犯行を真似る人が出てくる可能性もあるので、しばらくは安心できない、とリーダーの女性は記者の問いかけに答えていた。

連続放火事件の発生地域や件数、被害状況などについて徐々に明らかにされていくなかで、当時の私たちが何より知りたいと思っていたのは、どうして田代が少年と行動を共にしたのかということだった。付き合っていたからといって、出会って二カ月足らずの相手のために犯罪に手を染めることがあるのだろうか。相手に弱味を握られて、脅かされたのではないか。言葉巧みにつけこまれて、利用されたのだとしてもおかしくはない。そんな疑念を抱いていたからこそ、私たちは彼女が放火したという報道を信じられず、逮捕の数日後に警察から発表された「彼のために自分にできることは何でもしたいと思った」という供述にも、どこか嘘臭さを感じていた。

いずれほんとうのことが明らかになる、田代が事件に巻き込まれたことが証明される、そんなふうに信じて、加藤さんとはこまめに連絡を取り合い、あらたな情報が伝わってきていないか、日に何度も確認をした。一向につながらない田代の母親の携帯には、朝晩と電話をかけ、何でもいいから教えてください、連絡を待っています、というメッセージを残しつづけた。

日を追うごとに新聞やテレビの報道が減るなかで、リナさんの夫の鈴木さんのつてを頼って、静岡地検に連絡を取ろうとしたこともあった。それがうまくいかないと分かると、今度は学校に掛け合って、知っていることを教えてほしいと懇願した。応対してくれたのは、あの若い担任ではなく、青白い顔をした教頭で、私らもマスコミには苦労してるんですよ、と愚痴をこぼすばかりで目新しいことは何も話してくれなかった。あるいは、学校側でも公表されている以上のことは把握していなかったのかもしれない。どんな質問をしたところで、田代は成績が学年でも上位で、運動もでき、クラスメイトから慕われていた、いじめに遭っていたという報告もないし、生活態度も悪くなかった、と数週間まえに行われた、教育委員会の会見と同じ内容の説明があるだけだった。一部の教師に対して反抗的な態度を取ることもあったようですが、だからといって指導に問題があったとは認識していません、と。

年明けから一カ月が経過して私たちが目の当たりにしたのは、少年法という壁のまえでは、親でも、弁護士でも、警察関係者でもない人間が手に入れられる情報は極めて少ないということだった。会うことはもちろん、声さえ聞けなくなってしまった田代に、せめて気持ちのうえでは寄り添いたい。そんなふうに願ったところで自分たちにできることはひとつもなく、いたずらに時間ばかりが流れていく。何をどうやっても乗り越えられない現実に直面するたびに、私たちは戸惑い、苛立ち、また打ちのめされる、ということを繰り返した。

ただ、そうした落ち着かない日々のなかでも店を休まなかったのは、月並みな表現かもしれないけれど、意地だとしか言いようがない。いつもと変わらぬ顔で売り場に立つことで、騒いでいるのは外から来た人たちだけで——事件が発覚した直後には、どこかのテレビ局のレポーターが家のチャイムを鳴らして田代について訊いてきたり、記者と思われる人が無断で店の写真を撮ったりしたことがあったが、それらがニュース番組や週刊誌に使われることはなかった——自分たちにやましいところは何もないのだと近所の人に伝えたかった。

また、どこから洩れたのか、田代が店に出入りしていたことを理由に、嫌がらせともとれる手紙が送られてきたり、いたずら電話がかかってきたりしたこともあった。売り場で不躾な質問をされたこともないわけではない。といっても、それもごく一部の人にかぎったことで、馴染みのお客さんの大半は、こちらの身を案じて親切な言葉をかけてくれた。お宅は無事でよかった、と。

きっと、世間では田代のことを、問題ある家庭で育った、素行不良な中学生、として扱っていたのだろう。公表されていないにもかかわらず、彼女の名はまたたく間に地元で知られるようになり、家族関係から少年との交際にいたるまで、耳を塞ぎたくなるような噂が広まった。店に来たお客さんにあれこれ訊かれるたびに、そんなことはないと否定していたけれど、いくら誤解を解いたところで追いつかず、ついには腹を立てることにも、訂正することにも疲れ果てて、適当に受け流すことが多くなってしまった。

ゆきえがノートをつけるようになったのは、そうした最中、田代の拘置延長が決まった一月半ばだった。そもそものきっかけは、わたしが新聞の折り込みチラシの裏にメモを取ったことだった。田代の外見的な特徴、性格、家族関係、それ以外にも、考えごとをするとき耳に触る癖があること、ゆきえの影響で髪を染めたがっていたこと、さらにはフルーツが全般的に苦手だったといったことまで、気づいたことを何でも書き出していったのだ。それを見ていたゆきえが、どこからか使っていないノートを持ってきて、紙の切れ端に溜まった情報を清書してくれた。同時に、娘の提案で、田代がいつ店に来たか、その際どんな話をしたのか、最後に会ったのは何月何日だったかを時系列に書き加えていった。そうすることで私たちは、心ない人たちのあいだでまことしやかに語られていた、計算高く、残酷で、男好きな女子中学生とは異なる、自分たちのよく知る田代瑞希を取り戻せると信じていた。

　ゆきえのまとめによれば、職場体験をきっかけに店に出入りするようになった田代が、もっとも頻繁にここに来ていたのは八月半ばから九月にかけての三週間で、この時期は泊まった翌朝にそのまま部活に向かったこともあれば、五日間続けて訪ねてきたこともあった。泊まりの際には母親と相談員に連絡を入れるというのが、夏以降、私たちと田代、それに相談室とのあいだの取り決めとなっていたので、後日、加藤さんにノートの話をして日付を確認してもらったところ、もっとも記憶が曖昧だったこの期間の記録も、ほとんど間違いがないことが判った。

　九月に入ってからも田代は頻繁に店を訪れている。泊まりが減ったとはいえ、連日のように顔を出して、食事をしていった。夕飯は常にこちらで済ませていた、と言ってもいい。その後、一時的に姿を見せなくなったのが十月あたま。なおの発言をめぐって、ゆきえと喧嘩をした時期で、しかし、それも娘が田代の自宅まで様子を見にいったことで仲直りして、体育の日を過ぎたころには、それまで同様、下校途中に店に寄るようになっていた。

十一月も際立った変化は見られない。中間テストの結果が芳しくなかったり、陸上部の練習がきつかったりしたせいか、一時期よりは頻度が減ったものの、来れば泊まることが多かった。一週目の日曜日には、ゆきえとさつき、それに田代の三人で、電車を乗り継いで鎌倉まで遊びにいき、その翌々週の土曜日には——どちらも費用を捻出したのはわたしだったが——ふたたび三人で横浜まで出かけていって、前回は時間がなくてあきらめざるを得なかった中華街で、食べ放題のレストランに行っている。

そうやって遡ってみると、田代が私たちと距離を置くようになったのは、やはり十一月の終わりから十二月ということになるだろう。現に、ノートには空白が目立つようになり、彼女が家に来たという記録も少なくなっている。

瑞希さん、ケータイありました。ですけど、ナンバーは駄目。ぜったい、ぜったい駄目でした……。

仕事帰りに田代を家まで送ってくれることも多かったリナさんは、最後に彼女に会った日のことをたずねると、ストーブのまえで着膨れした背中を丸め、手のひらを擦りあわせた。

日本に来るまで雪や霜を見たことがなかったという人らしく、ここ数年、冬になるとリナさんは、店のなかでもセーターやジャンパーを重ね着して、外出するときはさらにそのうえにダウンのジャケットを着ているのだが、十一月の終わりに自転車で田代を送っていったときにも——今日のように厚着をしていたにもかかわらず――とても寒かったことを憶えていた。風が強く、いまにも雨が降りだしそうな夜で、必死にペダルをこいで、先を急いだ、と。市営住宅のそばまで来たとき、前かごに入れた通学鞄から電話の着信音が聞こえてきて、田代が携帯を持っていることを知らなかったリナさんは、それをきっかけに番号の交換を申し出たらしい。ところが、うしろに乗った相手は、これは借りてるだけだから、と曖昧な返事をするばかりで、最後まで番号を言おうとしなかった。

わたしはナンバー言ったですけど……。とっても悲しかったです。

もっとも、田代に番号を教えてもらえなかったのはリナさんだけではない。ゆきえもまた、先に書いた横浜中華街に行った際、食事中に席を立った田代が店の外で電話をしている姿を見かけて、ケータイ持ったんだったら番号教えといてよ、と声をかけていた。しかし、このときも田代は、わたしのじゃないから、と答えをはぐらかして、それ以上、電話については話したがらなかったという。

だからさあ、落ち込むことないんだって。わたしだって番号教えてもらえなかったんだから。ゆきえはリナさんをなぐさめたあとで、お母さんはあの子がケータイ持ってるって知ってた、と訊いてきた。

いいえ、ぜんぜん。

あの母親が電話を持たせると思う？

それはない気がする。

ゆきえは染めた髪を掻きあげ、手のなかでボールペンをまわした。そういえば、このなかで最後に瑞希に会ったのってお母さんなんだよね。十二月の初めに会ったんでしょ？

会ったっていっても、そこの踏切のところで見かけて、ちょっと立ち話をしただけよ。

どんなことを話したの？

あんたたちを産んで良かったかって。

は？　何それ。

あの子に訊かれたんだから仕方ないでしょう。言い訳してから、わたしはこたつのなかでもぞもぞと足を動かした。嘘をついたわけでもないのに妙な後ろめたさを覚えたのは、そのときの会話が――ばったり出くわしておしゃべりをしたというには――混み入っていたからだ。

ゆきえはノートにペンを立て、それで、なんて言ったの、と早口に問いかけてきた。

だから答えたわよ。良かったと思うって。そうしたら、納得したような顔をして、どこかに行っちゃった。

それだけ？

そういうわけでもないんだけど……。

あのとき――中学校の制服に赤と青のマフラーを巻いた田代は、さつきの呼びかけに気づいて、まっすぐこちらに近づいてきた。

ねえ、質問していい？　目のまえに立つなりそう言った彼女は、いつになくすっきりした表情をしていて、同時にひどく疲れているようにも見えた。世の中って良くなってると思う？　悪くなってると思う？

思いがけない質問に面食らったこちらを尻目に、田代は補助輪付きの自転車に乗っていたさつきを抱えあげ、自分の鼻先を相手の頬につけて、さっちゃん、ちょっと重くなったかも、と感心したような声を洩らした。

なってないよ、なってないですよ。

照れくさそうに身をよじらせているさつきを抱きしめながら、田代はこちらを見て、どっち、と言葉を継いだ。

おばさんにそんな難しいこと訊いてどうするのよ。

ごまかさないで、ちゃんと答えてよ。さつきを驚かさないように、それでいて、きっちり不満が伝わるくらいの声を出して、田代はあとを続けた。じゃあ、子どもを産んで良かった？

え？

産んで悪かったなって思うことはある？

何なのよ、急に……。

田代はそこでふいと横を向き、あさぎり、とさつきにささやきかけた。

あ、ほんとだ、あさぎり。

ピンクのニット帽を被ったさつきがわたしの背後を指さしてまもなく、線路の軋む音がして、金網のフェンスの向こうを新宿からの特急電車が通過していった。白い車体が通り過ぎると同時に足もとから風が吹きあがり、路肩に生えたススキの穂がいっせいに同じ方向に傾いだ。直後に遮断機があがって、踏切待ちをしていたスクーターが私たちのすぐわきを走り抜けていった。

自分が不甲斐ないせいで子どもにつらい思いをさせてるなって思うことはあるけど、だからって悔やんではいないわね。

なんで？　産んだのはそっちなのに、まじめでいようと思ったら、嫌なこととか、馬鹿みたいなことばっかりだって分かってるのに、どうして子どもに申し訳ないって思わないの？

　ゆきえも、なおも、さつきもそうだけど……。返事をしながらわたしは孫の背中に手を伸ばして、まくれあがったジャンパーの裾を直してやった。この子たちを見てると、亡くなった旦那とか、姑のことを思い出すのよ。案外よく似てて、たまにどきっとしたりなんかして。それでどうってわけでもないんだけど、こんなわたしでもここまでやってこられたんだもの、もっと図太い人たちの血を引いてると思ったら、みんな大丈夫だって思うじゃない。そうやって見ててあげることくらいしかわたしにはできないし、悔やんでる暇があったら、いろいろやらなくちゃいけないっていうか……。

　最後は自分でも何を言っているのか分からなくなっていたし、わたしがいくら知恵を絞ったところで彼女を満足させられるような言葉は出てこない気がしたが、そんな答えでも納得するところがあったのかもしれない。田代はわずかに笑みを見せて、そうなんだ、それなら良かった、と安心したようにつぶやいた。そして、吹き寄せる風に表情を曇らせていたさつきをこちらに預け、店に来なさいね、というわたしの言葉にも、瑞希ちゃん、バイバイ、という孫の呼びかけにも気づかないふりをして、駅に向かって歩いていってしまった。

　わたしが話し終えると、ゆきえはテーブルに肘をついて、なんでこんなことになっちゃったのかな、と言った。ノートにはたくさんの円が描かれていて、そのうちのいくつかは真っ黒に塗りつぶされていた。

あんたのせいじゃないでしょうよ。

じゃあ、こいつ？　娘は下を向いて、新聞の切り抜きをペンの尻でこつこつと叩いた。こいつにたぶらかされて、瑞希も変になっちゃったってこと？

あの子はおかしくなってないわよ。

どうして？

だってあのとき、ほっとした顔をしてたもの。良かったって言って、ちょっとだけ笑ってたんだから。

知らぬ間に灯油が減っていたらしく、かちゃん、という音がして、ストーブの火が消えた。赤かった燃焼筒がたちまち黒くなり、息のつまるような臭いが部屋のなかに広がった。

わたし、行きますから。みなさん、大丈夫ですよ。

ありがとう、悪いわね。給油タンクを手に外に出ていったリナさんにお礼を言って、わたしは娘のほうに向き直った。最近よく思うのよ。もしかしたら、あの子はこの店にも火をつけようとしてたのかもしれないって。

お母さん……。

でも、そうしなかったんだから、やっぱり見境をなくしたってわけではないでしょう？

口をつぐんでいたゆきえが、何にも書けなくなっちゃった、とこぼしてまもなく、リナさんが部屋に戻ってきて、給油タンクをセットした。着火したストーブからは、灯油の燃える、くぐもった音が静かに響いて、冷えはじめた部屋にふたたび暖かさが戻ってきた。

田代の初等少年院への送致が決まった二月の終わりに、そろそろ戻ろうかな、とゆきえが言ってきた。裾野市でひとり暮らしをしている年下の夫は、相変わらず仕事に忙殺されているようで、車で三十分足らずの距離を隔てて暮らしているのは、やっぱりおかしいと思ったという。

いつになく畏まった表情でそんな報告をしてきた娘に、あら、いいじゃない、とわたしはあえて軽い調子で返事をした。さつきの成長を近くで見られないのは残念だったし、さんざんこちらで楽をしておいて、何をいまさら、という気がしないでもなかったけれど、これまでの失敗を挽回しようとしている夫婦の決定にケチをつけて、せっかくの機会をふいにさせたくなかった。また、年明けとともに始まったあの混乱のなかで、ゆきえたち親子が少しずつ、しかし確実に消耗していく姿を見てきたこともあって、この辺りでいったん店と距離を置いてみるのも悪くない気がした。

実際、一月半ばを過ぎたころから、さつきは度々おねしょをするようになった。寝るまえは水分を控え、トイレに行くように気をつけても、翌日の朝にはふとんを濡らしていて、本人もどうしていいものやら分からない様子だった。

そんなさつきを辛抱づよく励ましていたゆきえも、正月を境に外出を控えるようになり、一時はひっきりなしにかかってきていた電話にも出ないことが多かった。親しい友人はもとより、ろくに知りもしない相手からも事件について訊かれて、メールを見るのも嫌になっていたらしい。その反動といったらいいのか、娘はエプロンにバンダナ姿で調理場に立つようになり、惣菜の仕込みから食材の調達にいたるまで、誰に教わったわけでもないのに手際よくこなして、わたしやリナさんを驚かせた。

新年会とか、バレンタインデーとか、もうどうでもいい気がするんだよね……。心配して店まで様子を見にきてくれた知人に向かって、ゆきえはそんなふうにおどけてみせたが、毎晩のように飲み歩いていた姿を知る身としては、その変わりように不安を覚えないわけにはいかなかった。

娘たちが家を出ることに対して、わたしがそれなりに理解を示したいっぽうで、リナさんは最後まで反対しつづけた。週に何度かはこちらに来て、店の手伝いをしてもらうつもりだと説明しても、いったん高ぶってしまった気持ちはすぐにはおさまらないらしく、みなさん、いつも一緒ですから、わたしはうれしかったです、楽しいでした、と目を真っ赤にして寂しがった。

瑞希さんいないじゃないですか。ゆきえさん、いけませんから……。

泣きじゃくるリナさんにつられて、気づけばこちらも包丁を持つ手が滲んで見えていて、誰にも気づかれないように顔を背けなければならなかった。

三月終わりの引っ越し当日まで、事あるごとにゆきえたちとの別れを悲しみ、嘆いてくれていたリナさんだったが、たぶんその時点では、自分もまた店を離れることになるとは想像していなかったに違いない。リナさんがフィリピンに帰国したのは、桜の枝に緑が目立ちはじめた四月の午後で、父親が入院したという報せを受けて、取るものもとりあえず空港に向かったようだった。

出発間際に電話で話したときには、リナさんはいつになくかぼそい声で、またお店行きますから、と言ってくれたのだけれど、その後、いくら待っても連絡はなく、五月の連休まえに夫の鈴木さんに問い合わせたときにも、自分もいつ戻るか聞いていないし、知らされていないんです、と頼りない答えが返ってくるばかりだった。いいですかあ、聞いてくださいよお。電話を切ろうとしたわたしに向かって、明らかに酔っぱらっている様子の鈴木さんは甘えるような声を出した。あの女はねえ、いつだって勝手なことばっかり言うわけですよ。こっちは面倒なことが山ほどあるのに……。だけど、いなくなってみると、魂が抜けた感じっていうのかなあ。

　リナさんが抜けた穴は、ゆきえが埋めてくれた。たいして遠くないし、さつきもこっちのほうが遊べるから。そう言って、空いた時間を見つけては、夫の車を使って――おかげで彼のほうは自転車で通勤するはめになったらしい――手伝いに来てくれた。

　といっても、娘が店に通うのにも限界があったし、いつでも都合よく調整できるというわけでもなかったので、日によってはすべての作業を自分ひとりでこなさなければならなかった。お客さんが少ないときにはそれでもどうにかごまかすことができたものの、いったん混み合ってしまうと、とても手がまわらず、短い昼休みに店まで足を運んでくれた人たちに煩わしい思いをさせてしまうこともあった。その失敗を踏まえて、翌日からは惣菜の数を減らし、弁当もあまり手のかからないものに絞ってみたのだが、何をやっても駄目なときは駄目だった。

　散々悩んだ結果、当面は営業時間を短くすることにした。昼は午前十一時から午後二時。夜は午後五時から午後八時まで。さらに、これまでは注文を受けてから調理していた弁当を作りおきすることに決め、仕出しの注文も断ることにした。そうすることで午後は休憩を取ることができたし、ほんとうに申し訳ないけれど、お客さんの数を一定に抑えて、売り場での待ち時間を減らせるようになった。定休日を増やしたり、あらたなパートさんを雇ったりするという選択肢もないわけではなかったが、いずれリナさんが復帰してくれると信じて、とりあえずは大幅な変更はしないで様子を見ることにした。

もっとも、それも一時しのぎでしかなかったのかもしれない。ゆきえたちが出ていき、リナさんがいつ戻るかも分からない状況のなかで、わたし自身、いつのまにか踏ん張りが利かなくなっていたことは事実で、おかしいと思ったときにはすでに手遅れだった。

ある朝、調理場の冷蔵庫を開けて、五個あったレタスがどれも腐っていることに気づいた。もとから傷んでいたのか、仕入れ日を勘違いしていたのか、いくら考えたところで思い出せず、突然、言いようのない恐怖に襲われた。伝票を見れば、造作もなく確かめられるはずなのに、そのときのわたしはそんな単純なことにもあたまがまわらなくて、赤く変色したレタスを手に冷蔵庫のまえから動けなくなっていた。そうやってどれくらいの時間が経ったのだろう。勝手口から入ってきたゆきえに、どうしたの、お母さん、と声をかけられたときには、わたしは床にへたりこんでいて、疲れちゃったみたい、と答えることしかできなかった。そうして娘に支えられて座敷に横になったが最後、その日は夜まで起きあがることができず、座布団を枕にひたすら眠りつづけた。

三日間しっかり休んで、その翌日には仕事に戻った。泊まり込みで身のまわりの世話をしてくれたゆきえも、心配して電話をかけてきてくれたなおも、もっと休むべきだと言ってくれたが、病院の検査で特に異常はないということだったので、いつまでも寝ているわけにはいかなかった。このままシャッターを下ろしていたら、いよいよ廃業したと思われかねない。そう思うと居ても立ってもいられなかったし、しんと静まりかえった家のなかで一日中寝ているのも、あまり気分の良いものではなかった。

田代とよく似た女の子が現れたのは、店を再開して二日目の朝で、休みのあいだにノートを見返して、あれこれ思い返していたわたしは、事件をきっかけに家族が一緒に暮らすようになったのだと勝手な想像を膨らませないわけにはいかなかった。これで田代も帰る場所ができた、そう思うといくらか気持ちが明るくなったし、調理場で作業をしていても自然と笑みがこぼれた。

ただ、夜になって店に顔を出してくれた加藤さんにその話をすると、彼女はかぶりを振って、そういうこともないとは言えませんが、と申し訳なさそうな顔をした。職業柄、多くの家庭を見てきた彼女によれば、子どもが世間に知れ渡るような事件を起こした場合、家族や親戚が周囲の目を気にしてその土地から離れることはあっても、わざわざ近くに越してくることはまずあり得ないという。現に、田代の母親は市外に転居してしまったそうで、最近では連絡を取ることさえ難しいらしい。可能性がゼロではありませんが、それを田代さんの妹だと考えるのは少し無理があるかもしれませんね、と。

現実に引き戻されて落胆していたこちらに向かって、四月に異動してきた上司がとにかくあたまの硬い人で、何をするにしてもいちいち許可が必要なのだと加藤さんは愚痴をこぼした。融通が利かないっていうんでしょうか、マニュアルがすべてだと思っているみたいで……。

どこの職場にもそういう人っているのね。唐突に話題が変わったことに戸惑いながらも、わたしは相槌を打った。

すると彼女は目を細めて、実は相談室宛てに田代さんから手紙が届いたんです、と言った。

手紙？

今日の午後のことで、すぐにお持ちしようと思ったんですが、いま言った上司に注意されてしまって。

何て書いてあったの？　急な報告に胸が高鳴って、おのずと早口になった。

内容的には、皆さんにはご迷惑をおかけしました、反省しています、といった感じの短いものです。皆さんというのは、たぶんこちらのことだと思いますが。

事件とか、一緒にいた男の子のことは？

その辺りのことは何も。発送まえに向こうでもチェックが入りますから。

他には？

あとは、そうですね。加藤さんは耳のうしろに手をやって、白髪混じりの髪を撫でつけた。店ではいつもラジオがかかっていて、それが懐かしいと書いてありました。

ラジオってこれのこと？　わたしは横を向いて、天井の隅を指さした。そのとき、売り場の古ぼけたスピーカーからはドラマ仕立てに構成された中古車販売会社の宣伝が流れていて、やかましい男女の掛け合いののち、この週末、浜松でコンサートを行うというオーケストラの指揮者が、聞き取りづらい、ぼそぼそした声でリスナーからの質問に答えはじめた。

いま彼女がいる場所はかなり静かでしょうから。

それにしたってねえ。わたしは長々と息を吐いて、肩をすくめてみせた。まえに職場体験に来た男の子もお礼の手紙にラジオのことを書いてきたんだけど、揃いもそろって、どうしてそんな感想になるのかしら……。
その後、私たちは売り場で向かい合ったまま、田代宛てに手紙を出す方法や、面会が可能かどうか、それにわたしが体調を崩していたことや、現在、加藤さんが抱えている仕事についておしゃべりをつづけた。時計の針が午後八時をまわったところで、昼から何も食べていないという加藤さんを食事に誘ってみたのだが、彼女は携帯電話に目をやって、今日中に終わらせたい仕事があるので、すみません、とあたまをさげた。

相変わらず忙しいのねえ。

要領が悪いだけなんです。

加藤さんが？　それともあたまの硬い上司が？

どっちもですね。加藤さんは笑いながらバッグを持ち直して、奥の調理場をのぞき込んだ。皆さん、またここに集まれるといいですよね。

あれはあれで大変なのよ。うるさくって。

あのがやがやした感じが、わたしはすごく好きだったんです。

控えめに微笑んだ彼女によれば、相談員のあいだで私たちは「ファミリー」と呼ばれていたそうで、調査票や報告書にそうした表現を用いることはもちろんなかったものの、日常的な業務のなかではごく当たり前にそんな言い方をされていたらしい。田代瑞希は昨日もファミリーのところに泊まったみたいです、とか、さっきファミリーから電話がありました、といった具合に。

ごめんなさい、やっぱり失礼ですよね。

途中までおかしそうに話していた加藤さんが急に謝りだしたので、そんなことで怒りゃしないわよ、とわたしは首を振って、一緒に店の外まで出ていった。夕方から降りはじめた雨はいつのまにか霧に変わっていて、風が吹くたびに細かな水滴がまとわりついて、髪や腕が濡れそぼった。

だけど、女ばっかりの家っていうのもどうなのかしら。

わたしも混ぜてもらいたいって思ってましたから。薄暗がりのなか、加藤さんは白い髪に手をやって、わずかに視線を下げた。田代さんも、きっとこの店のことを考えてますよ。

懐かしいのはラジオでしょう?

あれは彼女なりの冗談ですから。

何度もお辞儀をしながら歩いていく加藤さんを見送ったあとで、わたしは看板を片付けて、外に出してあった灰皿の掃除をした。Tシャツにエプロンといった格好では肌寒く、軒先で作業をしていると、手足が冷えて、腰が痛んだ。それを和らげるつもりで背筋を伸ばしたとき、いつになく辺りが暗いことに気づいて、ふと息を呑んだ。

街灯のひかりは霧にかすんで、膜がかかったようになっている。だが、暗さの原因はそれ以外にもあるはずだ。考えてみれば、この一年であらたに数軒の店が廃業し、ただでさえ明かりの乏しいこの商店街はいっそう物寂しい通りになった。買い物する人の大半が国道沿いの大型スーパーに流れ、通行人の数は減って、夫や姑が店に出ていた時代とは明らかに違う場所になっていた。

売り場のドアを閉めてまもなく、店のまえを中学生とおぼしき女の子が五、六人、前後二列になって通り過ぎた。ちょうど学習塾の閉まる時刻だったから、帰り道の途中だったのかもしれない。せわしなく振り向いたり、大げさに手を叩いたりしている彼女たちを眺めていると、不意に田代のふて腐れた顔が思い浮かんで胸をつかれた。

家裁での少年審判をまえに、駅まえの書店で取り寄せた本によれば、少年院に収容されると、最初の二週間は考査期間といって独りきりで過ごすという。時期的にいえば、そうした段階は終わっているはずだったが、狭く、殺風景な部屋で、田代が何を考えたのか、直接本人の口から聞いてみたかった。別に、とこれまでと変わらない口調で言うのか、あるいはまた意表をついた質問をぶつけてくるのか……。お互いひとりになったいまだったら、相手の気持ちを逆なでしたり、変に哀れんだりすることなく、ごく自然に会話ができる気がした。

そんなふうにぼんやりと田代のことを考えていたとき、調理場の電話が鳴って、わたしはとっさに首をすくめた。すでに店を閉めたこの時間、電話をかけてくる相手は限られているはずだった。

もっとも可能性が高いのはゆきえで、明日も店を開けるのかと確認してきたのかもしれなかった。もしそうだとすれば、その足もとにはさつきがいて、母親から受話器を奪い取ろうと必死に背伸びをしていることだろう。おばあちゃん、もしもし、と声を張りあげて、近くに自分がいることをこちらに知らせようとしているだろう。

あるいは仕事のあとの時間を持て余して、なおが連絡してきたのかもしれなかった。交際相手と別れて寂しい思いをしているのか、それとも独りになったこちらを気遣ってくれているのか、最近は夜のひとときを下の娘とおしゃべりしながら過ごすことが多くなった。

もちろん、それがリナさんだったとしてもおかしくないだろう。ようやくこちらに戻る目処がついて、国際電話をかけてきてくれたのかもしれなかった。受話器を取って、万が一、あのたどたどしいしゃべり声が聞こえたなら、早く戻ってきてくれないとこちらの身が持たないと言わなければならなかった。それまではどうにか乗り切ってみせるから、また一緒にここで働いてほしいと何時間かけてでも伝えなければならなかった。

　鳴りつづける電話の音を聞きながら、わたしは自分の息で曇ったガラスの向こうに目を凝らした。遠くに行ってしまった相手のため、今度はこちらから呼びかける番だった。

初出
うつくしい羽「すばる」２０１９年6月号
あさぎり「すばる」２０１３年3月号
単行本化にあたり、加筆修正を行いました。

■著者プロフィール

上村渉（かみむら・わたる）

1978年生まれ。静岡県御殿場市出身。
2008年「射手座」により文學界新人賞受賞。

うつくしい羽

2020年11月30日　第1版第1刷発行

著　者　上村渉
発行者　田島安江
発行所　株式会社 書肆侃侃房（しょしかんかんぼう）
〒810-0041
福岡市中央区大名 2-8-18-501
TEL 092-735-2802　FAX 092-735-2792
http://www.kankanbou.com
info@kankanbou.com

編　集　田島安江／池田雪
D T P　黒木留実
印刷・製本　モリモト印刷株式会社

ISBN978-4-86385-428-4 C0093